Character
Isekai Yurutto Sabaibaru Seikatsu
新見《にいみ》花梨《かりん》
鬼龍院《きりゅういん》天音《あまね》
鷲嶺《わしみね》・ソフィア・麗奈《れいな》

二子玉《にこたま》 亜里砂《ありさ》
Nikotama Arisa
篠宮《しのみや》 火影《ほかげ》
Shinomiya Hokage
朝倉《あさくら》 陽奈子《ひなこ》
Asakura Hinako

Presented by Ayano

Illustration by Inui Kazune(artumph)

Contents

Isekai Yurutto Sabaibaru Seikatsu

〜学校の皆と異世界の無人島に転移したけど俺だけ楽勝です〜

異世界ゆるっとサバイバル生活

異世界ゆるっとサバイバル生活２

～学校の皆と異世界の無人島に転移したけど俺だけ楽勝です～

絢乃

BRAVENOVEL
ブレイブ文庫

【適材適所】

新しく入った田中と影山は、残念ながら無能ということで確定した。だからといって、無能を無能のまま放置しておくつもりはない。一緒に過ごしていく以上、使い物にならなければ困る。

と、いうわけで——。

「今からお前達の適性を調べていく」

朝食後、俺は田中と影山の適性を調べることにした。

ゲームならボタン一つでステータスを確認できるが、残念ながら現実ではそうもいかない。実際に色々とさせることで、得手不得手を把握していく。

「さぁて、今日も張り切って釣りまくるぞー！」

海蝕洞《アジト》の出入口で話していると亜里砂が近づいてきた。

彼女は今日も変わらずの上機嫌で「よお」と俺に挨拶すると、そのまま横を通り抜けようとする。だが、何かに躓いて盛大に転んだ。

「ってうおい！　なんだよ!?」

驚いた様子で立ち上がる亜里砂。

「僕でやんす」

影山だ。彼女が躓いた「何か」とは影山だったのだ。圧倒的な存在感の無さによって、亜里砂は彼に気付かなかった。

「うおっ!?　影山じゃん！　いつからいたんだよ!?」

「最初からいたでやんす。ごめんなさいでやんす」

「別に謝らなくていいよ、私からぶつかったんだし。こちらこそごめんな！　怪我とかしてない？」

「大丈夫でやんす。慣れているでやんす」

「ならよかったよ、そんじゃーね」

亜里砂は服に付いた汚れを払い落とすと、鼻歌を口ずさみながらアジトを出て行く。ダークブラウンのポニーテールが、彼女の歩調に合わせてぷりぷりと揺れていた。

「それにしても影山、お前って本当に影が薄いな……」

「よく言われるでやんす」

田中はただの無能だが、影山には特性がある。

究極的なまでの影の薄さだ。名前は「影」の「山」なのに、彼の影はティッシュペーパーよりも薄い。その存在感のなさは凄まじくて、亜里砂ほどではないにしろ、しばしば彼の存在を見落とす者がいた。

「影山、お前、運動神経はどうなんだ？」

「影山殿は脚が速いでござるよ！」

なぜか田中が答えた。しかもドヤ顔だ。

「影山殿は中学時代、陸上部で名を馳せていたでござるからな！」

「へぇ、陸上部だったのか」

「はいでやんす」

影山が誇らしげな表情で頷いた。

「運動神経は駄目でやんすが、脚力には自信があるでやんす」

「持久力はどうだ？　スタミナもあるのか？」

「スタミナもあると思うでやんす！　専門は長距離走だったでやんすよ！」

「それは頼もしいな」

脚が速くてスタミナがあるというのは思わぬ長所だ。この島で暮らすにあたっては大きな武器になり得る。

「よし、ちょっとかけっこで勝負といこうか」

「かけっこでやんすか？」

「そうだ。お前の実力を正確に把握しておきたい」

「了解でやんす！」

俺達は競走を行うことにした。

コースはアジトから篠宮洞窟まで。それなりに距離がある。マラソンだと中距離ないしは長距離として扱われるだろう。実力を測定するのに最適だ。

「スタートはここからだ」

アジトを出てすぐの砂辺で横一列になる。

「準備はいいか？」

「いつでも大丈夫でやんす！」

「いくぜ。よーい、ドン！」

俺と影山が同時にスタートする。

僅かに遅れて田中が続く。彼は見学予定だったのだが、どういうわけか俺達と共に走るつもりのようだ。

もしかしたら田中も脚力に自信があるのかもしれない。もしそうであれば、これもまた嬉しい誤算だ。

などと思ったのだが、現実はそれほど甘くなかった。

「駄目でござる……」

田中、スタートから一〇秒足らずで脱落。

嬉しい誤算なんてありゃしない。彼は思った通りの無能だった。まさか森に入るよりも先に脱落するなんて思いもしなかった。俺は「嘘でしょ」と唖然。

一方、影山は――。

「なかなか速いな」

想像以上の動きをしている。俺と互角の走りを繰り広げているのだ。森の中なのに。それでいて息を切らせていない。余裕が感じられる。こちらは嬉しい誤算だ。

「篠宮殿も相当なものでやんす」

「俺は森でも速度を維持できるからな」

普通の人間は森に入ると速力が低下する。学校の運動場と同じスピードを自然の中で維持するには、それなりの訓練が必要なのだ。サバイバルマンを自称する俺は、当然ながらその訓練をこなしている為、森でも走る速度を維持できる。

しかし、影山はただの素人だ。中学時代に彼が走り込んだであろうフィールドは、森とは大違いの舗装された快適な道である。おそらく今、影山のスピードは大幅に低下しているに違いない。にもかかわらず、俺と同等の速度を維持している。ということは、平坦な道を走った場合、俺よりも遥かに速いわけだ。

ちなみに俺は今、五〇メートルを七・八秒台で走破するペースを維持している。この速度についてこられるのだから大したものだ。流石に自分で「脚力には自信がある」と豪語するだけのことはある。

「ゴールでやんす！」

勝負は引き分けだった。もしくは田中の一人負けというところか。

「素晴らしい走りだった」

俺は影山の顔を見た。汗をかいておらず、息も上がっていない。どうやら全力では走っていなかったようだ。八割といったところだろうか。俺と同じだ。

「次は互いに本気で走りたいところだな」

「はいでやんす！」

互いに全力だったら結果は違っていただろう。俺が勝っていたかもしれないし、影山が勝っていたかもしれない。どういう結果になるか興味があった。

「影山、お前は影が薄くて脚が速い。それを活かそう」

「活かすことなんてできるでやんすか？」

「できるさ。その二つは大きな武器になる」

「なんですと!?」

影山が驚きのあまりに仰け反った。

大袈裟だな、と笑いつつ俺は言う。

「お前には偵察任務をお願いしたい」

「偵察任務でやんすか？」

「そうだ。皇城チームの拠点に近づいて様子を窺ってほしい。そして、奴等が俺達を探しにこちらへ来るような気配を見せたら即座に報告してくれ」

俺達にとって最大の脅威は皇城チームだ。

特に厄介なのがリーダーの皇城白夜。欲しい物は何でも手に入れないと気が済まない俺様タイプの男で、愛菜達を仲間にしたがっている。この島に来てすぐに遭遇した時は、当時リーダーだった兄の零斗に従って撤退していったが、自身がリーダーとなった今はどうなるか分からない。

　だからこそ、皇城チームの動きを監視する役目――斥候が重要だ。

「どうだ？　できそうか？」

「できると思うでやんす！」

「ありがとう。お前以外に適任がいないから助かるよ」

「僕以外に適任がいない……？」

「そうだ」

　斥候を女子に任せるわけにはいかない。捕まった時に犯されかねないし、何よりウチの女子は揃いも揃って有能だ。一人でも欠けたら生活に支障を来す。

　その点、影山ならば安心して任せられる。捕まったところで強姦される恐れはないし、他の作業に関しては無能の極みだ。

「お前は今後、偵察のプロとして俺達のチームを支えてくれ」

「僕が……偵察のプロ……？」

　先程から影山がプルプル震えている。

　どうかしたのか、と声を掛けようとしたその時。

「それって最高に燃えるでやんすぅ！」

　影山が突如として叫びだした。両手に拳を作り、「うおおおお」と吠えている。おそらく腹の底から吠えていると思われるが、声はそれほどでていない。獣の咆哮のような威圧感は感じられなかった。

「僕以外に適任がいないとか、僕が偵察のプロとか、篠宮殿は嬉しいことばかり言ってくれるでやんす！　皇城白夜殿とはまるで違うでやんす！　この影山薄明、篠宮殿の期待に必ずや応えるでやんす！」

どうやら喜んでいたらしい。

影山は俺に敬礼すると、皇城チームの丘へ駆けだした。

「影山は仕事が見つかったとして……」

もう一人の新人こと無能オブ無能の田中は骨が折れそうだ。

◇

海に戻った俺は、田中と共に行動した。

影山がそうであるように、人は誰しも特技をもっている。したがって、田中にも何かしらの特技があるはずだ。

彼の秘めた特技を見つけるべく、様々な作業を行わせた。素材採取、釣り、罠の設置、料理、エトセトラ。とにかく試させた。何かあるはずだ。何か。

その結果——。

「マジで何もかも駄目だな」

「面目ないでござる……」

田中はどれをとっても人並み以下だった。完全な無能だ。

ただ、無能とは言っても、イライラするタイプの無能ではない。物覚えは決して悪くないので、何度も同じ説明をする等の煩わしさはなかった。

それに本人は努力している。出来は決してよろしくないけれど、行動からは意気込みが感じられる。それだけに彼の無能さが不憫に思えた。

「病気とかではなく、普通に不器用なのか？」

「そうでござる……」

田中が抱える問題の核心部は不器用さだ。

サバイバル生活では、何をするにも手で作業する。故に手つきの器用な人間はそれだけで有能になり得るし、不器用な人間はその逆になり得る。田中の場合、絶望的なまでの不器用さが足を引っ張っていた。

それでも俺は諦めなかった。田中にやる気がないのであればまだしも、本人はやる気に満ちている。どうにかして役に立ちたいと努力しているのだ。そんな人間を切り捨てたくはなかった。何かしらの才能を見いだしてあげたい。

その為に、田中の私生活を把握することにした。それによって何か閃くかもしれない。

「日本にいる時はどんな生活をしていたんだ？」

「パソコンでござる」

「パソコン？」

「拙者はオタクでござるからな、隙あらばネットを見ていたでござる」

「ネットの何を見ていたんだ？　ようつべか？」

「ようつべはアニメがアップされていないから論外でござる」

「すると、ネットでアニメを観ているわけか」

「さよう」

田中は妙に誇らしげな顔で頷いた。

「アニメや漫画を研究し、ゆくゆくは自分でも漫画を描きたいと思っているでござる。あっ、こんなことを言うと絶対に『お前の描いた漫画を見たい』などと言われるでござるから、先に言っておくでござるよ。拙者の漫画は誰にも見せないでござる。まだ不出来でござるし、何より秘中のネタをパクられては困るでござるからな。おっと、今度は『そんなんでプロになれるのか？』などと疑問に思っているでござるな。しかしながら拙者――」

「いや、もういい、分かった。十分だ」

超絶的な早口で捲し立てる田中を止めた。オタクは急にマシンガントークを始めるから驚く。

「とにかくいつもいつもパソコンをしているわけだな？」

「そういうことでござる……」

「すると、単調な作業が向いているかもしれないな」

「単調な作業でござるか？」

「そうだ」

俺は頷き、人差し指を立てた。

「例えば集めた貝殻を砕いて炭酸カルシウムにしたり、オリーブの実からオリーブオイルを抽出したりといった作業だ。これらの作業は単調で、得手不得手など存在しない。俺がしようとお前がしようと、成果や効率は大して変わらないだろう」

「ほほう」

「ただ、これらの作業は非常に面倒くさいんだ。何度も何度も同じことを繰り返すからな。忍耐力が問われるわけだ」

「まさにネットゲームのレベル上げでござるな」

「その喩えは分からないが、とにかく面倒くさい。しかし、これらの作業は生活をしていく上で必要不可欠だ。誰かが担当しなければならない」

「そこで拙者の出番でござるか」

「これだったら不器用でも問題ないからな。大事なのは持続力だ。その点、お前は適していると言えるだろう。やる気があるから、こういった単調作業でも根気強く取り組めるはずだ。亜里砂みたいなタイプだとすぐに弱音を吐いて投げ出すが、お前なら難なく完遂できるだろう」

「それは素晴らしいでござる！　拙者、それらの作業を担当するでござる！　是非ともやらせてほしいでござる！」

田中は即答した。目に力がこもっている。

「だったら、今後はアジトに篭もってそういった作業に従事してくれ。貝殻を砕いてくれたら俺が喜ぶし、オリーブオイルを作ったら絵里が喜ぶ」

「任せるでござる！」

◇

俺は田中を連れてアジトに戻り、彼に作業を始めさせた。

田中は嬉々として取り組む。面倒くさがることもなく、ノリノリで教えた作業に従事していた。何度も同じことを繰り返すだけの単調作業なのに、どういうわけか楽しそうだ。

作業が一段落すると、田中が確認してきた。

「こんなものでござるか？」

「うむ、完璧だ」

「これなら拙者でもできるでござる！　もっと仕事を回してくれても大丈夫でござる！　ガンガンやるでござるよ！」

「オリーブオイルの抽出作業は大変だったから助かるわ。ありがとう、田中君」

近くで作業中の絵里も喜んでいる。

「グフフ、双川殿の笑顔で元気一〇〇倍でござるよ！」

絵里の笑顔によって田中は喜び、尚更に作業を頑張る。あまりにもちょろいけれど、頑張ってくれるのであればなんだってかまわない。

「これでどうにか足手まといはいなくなったな」

俺の脳内に「適材適所」という言葉が浮かんだ。

【三週間目の俺達】

この世界で生活を始めて三週間が経過した。

最初は出来の悪さに不安だった田中と影山も、今では立派に働いている。それぞれ専門の仕事がある上に、不器用ながらも成長していた。塵も積もれば山となるように、日々の地道な努力の賜物だ。

二人の成長が最も感じられるのは夕食後の一幕。

夕食が終わると、決まって二人は火熾しの練習に取り組んでいる。最初の頃はどれだけ頑張ってもからっきしだった火熾しだが、それが今では――。

「いでよ、炎ォ！」ボッ。

「燃えるでやんす！」ボッ。

両者共に火を熾せるようになっていた。

「まさかきりもみ式でもいけるようになるとはな」

専用の火熾し器を使う〈まいぎり式〉ではなく、木の棒を素手でシコシコと回転させる〈きりもみ式〉で火を熾せている。

きりもみ式とまいぎり式はどちらも同じ原理だが、まいぎり式のほうが遥かに簡単だ。きりもみ式ですら火を熾せる二人にとって、もはやまいぎり式の火熾しは朝飯前となっていた。

成長しているのはこの二人だけではない。

俺達の文明も少しずつで成長している。

具体的には〈青銅器〉を導入した。

青銅器とは、その名の通り青銅で作られた道具のこと。これによって、それまで使っていた斧や包丁が石器から青銅器に進化した。

青銅は銅と錫の合金だ。詳しくない人からすると鉄との違いが分からないだろう。現に俺が初めて青銅器を作った時、花梨以外の人間は鉄器だと誤解していた。

青銅の導入は鉄よりも遥かに容易い。

鉄に比べて低い温度の炎で加工することができるからだ。製鉄に必要な温度が二〇〇〇度を超えるのに対し、一般的な青銅は約九〇〇度で済む。俺達が使う青銅は錫の含有率が高い為、融点は一般的な青銅よりも更に低い六〇〇度以下だ。

その程度の火力であれば、手作り感満載の簡易な炉で実現できる。芽衣子がフイゴ――酸素を送り込む足踏み式の道具――を作ってくれたことで、より快適となった。

青銅器を導入できたのは、この島の特性によるところが大きい。俺が最初に目覚めた洞窟こと通称「篠宮洞窟」の周辺で、青銅に必要な鉱石をいくらでも入手できるからだ。

青銅器は一見すると鉄と変わらない為、完成したことで生活の雰囲気が飛躍的に良くなった。例えば調理をするにしても、今では青銅で作ったフライパン等の調理器具を使っている。

また、食事の質も成長の一途を辿っていた。

この島はチートレベルで食材が揃っているので、知識があればいくらでも贅沢することができる。ソバで作るなんちゃってパスタをはじめ、日々、色々なご馳走を楽しんでいた。

調理を担当するのは、我がチームの総料理長を務める絵里だ。

彼女の調理技術も日に日に成長している。腕自体にも磨きがかかっているが、なによりも現在の環境に適応していた。日本では馴染みのない食材も、あの手この手で工夫を凝らして料理に活かしている。慣れてからは自分流のアレンジを加えることも増えていて、それがまた美味しくてたまらない。

最近は天候も穏やかだ。

おかげさまで俺達の作業は順調そのものである。材料の備蓄はかなりの量に達していた。だから近頃では急ぎでない作業も行っている。

急ぎでない作業の代表例が風呂だ。

そう、俺達のアジトには風呂がある。設置場所は洗濯物を干すのに使う湖。俺が童貞の卒業式を行った場所でもある。

風呂は完全に俺達のオリジナルだ。

浴槽は長方形で、木に漆を塗って耐久度を高めている。漆器を作るのに培った技術の応用だ。

とはいえ、この浴槽は耐熱性がそれほど高くない。一〇〇度近い熱湯をぶっかけた場合、あっさり傷んでしまう。なかなかにデリケートなやつだ。

そこで浴槽の隣には青銅の貯水タンクを設けることにした。石で作ったかまどの上に設置してある。青銅は耐熱性と耐蝕性が高いので、ちょっとやそっとのことでは錆びない。

風呂の使い方はやや面倒臭い。

まずは貯水タンクを水で満たす。次にタンク直下のかまどに火をかけて加熱する。日本の浴槽と違って温度調整機能など備わっていないから、ほどなくして沸騰してしまう。沸騰するとかまどの火を消し、お湯の温度を快適なレベルまで冷ます。そうして適切な温度のお湯を作ったら、最後にそれを浴槽へ移す。

タンクと浴槽は竹の管で繋がっている。管には農業の水路でよく見られる手上げ式の水門を設置しているので、タンクから浴槽に湯を移したい時のみ門を上げて開放してやるといい。

亜里砂あたりはうっかり水門を開けたまま水をタンクに入れることがあって、その時は当然ながらタンク内に水が溜まることはなく、一直線に浴槽へ流れ込んでしまう。

風呂を作るのには数日を要した。

作り方自体は簡単だったが、いかんせんサイズが大きいので、材料を集めるのが大変だった。しかし、苦労して作っただけの効果は感じている。温かいお湯に浸かると気持ちいいし、明日も頑張ろうという気分になれるものだ。

各自の能力に加えて、文明も順調に成長している。

だが、我がチームの成長はこれだけには留まらない。

俺の性生活も順風満帆なのだ。

芽衣子とセックスして以降も、俺は色々な女子の世話になっている。

亜里砂と陽奈子以外の女子には、最低でも一回は気持ち良くしてもらった。もちろん、相手にも気持ち良くなってもらった。特に頻度が多いのは絵里と芽衣子で、彼女達には本当に頭が上がらない。

とはいえ、セックスの経験値は増えていなかった。童貞の卒業式を行ったあの日以降、セックスはしていない。こういう環境だと、セックスをするというのはなかなか難しい。多くの場合は口で奉仕してもらっていた。口だと後処理が楽だから何かと都合がいいのだ。

俺達の活動は例外なく順調だが、懸念要素も存在している。

現状では唯一にして最大の危険因子――皇城チームだ。影山の偵察によって、連中の動向は常に把握している。時には俺も自ら偵察に出向いていた。

奴等の文明は俺達よりも遥かに遅れている。

食事は動物の肉を焼いた物ばかり。足りない時は木の実で補う。その他だと、たまに焼いたキノコを食う程度。

最近になって家の建設を始めたようだが、その作業は難航している。なにせ奴等には石器すらないのだ。木を伐採するのも一苦労である。

それに連中が作ろうとしているのは現代的な家だ。竪穴式住居のような、この世界に見合った家ではない。

　また、歴史の知識がある人間を筆頭に石器作りにも取り組んでいるけれど、これも上手くはいっていなかった。勉強で習う知識と実際のサバイバルで使う知識はまるで違うわけだ。学校では偉そうに教鞭を執っている歴史の教師も、この場ではただの役立たずだ。

　故に下々の不満は増加の一途を辿っていた。最下位の連中にいたっては、大半が過労死してもおかしくない状況にある。皇城チームの状態は最悪だ。

　それでも反乱は起きていないし、俺が期待しているような仲間割れが起きる気配も感じられなかった。やはり皇城兄弟の所持している銃の存在が大きいのだろう。最強の抑止力だ。

　皇城チームの動きは、俺の想像よりも遥かに遅い。

　最初の予想では、今頃は必死に俺達を探しているはずだった。ところが実際は、その日を生き抜くだけで精一杯といった様子。とてもではないが、俺達を探そうとする程の余裕は感じられなかった。

　だからといって油断することはできない。もしも俺達の生活が奴等にバレようものなら、瞬く間に襲われるだろう。そして築き上げた文明を奪われる。

　そんな日が来ないように祈りつつ、そんな日が来てもいけるように備えていく。備えあれば憂いなしだ。

【初めての休日】

二十二日目。朝食後。アジトにて。

この日、俺は今までに一度もない指示を出した。

「今日は休みだ」

「「「えっ!?」」」

「大事なことなのでもう一度言おう。今日は休みだ」

休日宣言である。

この世界に来てから三週間、俺達は必死に働いてきた。

生きる為、そして生活環境を良くする為に頑張ってきた。

「俺達の文明は一定の発展を終え、安定期に差しかかっている。食糧の備蓄は十分にあり、必要な物も大体は揃えられた。昨日、影山と偵察してきた印象だと、皇城チームの人間がこちらへ来るとも思えない。だから今日は皆に休日を満喫してもらうつもりだ」

「おいおい、まじかよ！　なら今日は釣りまくるぜぃ！」

嬉しそうに声を弾ませたのは亜里砂だ。「なら今日は」と言っているが、彼女はいつも釣りをしている。彼女の中では何かしらの違いがあるのだろう。

「そうは言っても何をすればいいのか分からないね」

花梨は戸惑っている様子。

「私は料理を作るよ。チームの料理番だもん」

絵里は今日も料理をするようだ。張り切っている。

「お手伝いしますぞ、絵里殿！」

どう見ても絵里に惚れているであろう田中が挙手する。いつの間にか、彼は絵里のことを名前で呼ぶようになっていた。

「私は靴作りに挑戦してみようかな。篠宮君にゴムのことを教わったし」

芽衣子が言う。

ここでのゴムとは、コンドームのことではなく本物のゴムだ。前にゴムの木を見つけたので、採取方法や加工方法について簡単に教えておいた。

ゴムの木を削ると〈ラテックス〉と呼ばれる樹液が出る。これが凝固すると〈生ゴム〉になる。この段階で一般的なゴムに似ているけれど、まだ完成ではない。生ゴムのままだと熱に弱く、形が崩れやすいのだ。だから生ゴムに硫黄を加え、〈弾性ゴム〉へと進化させる。

この弾性ゴムこそ、世間一般的に「ゴム」と呼ばれる物だ。

「靴作りか、それはいいな。ただ、靴作りはとんでもなく難しいぞ」

「でも、この靴と早くおさらばしたいから」

芽衣子が自分の履いている靴に目を向けた。

上履きだ。

彼女だけでなく俺達も長らく上履きで活動している。裸足に比べるとマシではあるものの、底が薄くて歩いていると足の裏が痛い。それにこの島に転移してからそれなりに経つ為、一足しかない上履きは既にボロボロになっていた。既に何度となく靴底を補強している。

いずれは裸足で活動することを想定していたけれど、もしも芽衣子が靴を完成させることができれば、そうはならずに済む。是非とも頑張ってもらいたいところだ。

「僕も靴作りのお手伝いをするでやんすー！」

影山が挙手した。

彼は率先して芽衣子の作業に協力している。しかしながら彼の場合、芽衣子に惚れているような素振りは感じられない。つまりただのいい人だ。

「ねね、花梨、暇ならあたしに付き合ってよ」

そう言ったのは愛菜だ。

「いいよ」花梨は内容も訊かずに同意した。

「猿軍団に新しい芸を仕込ませたかったから助かる！」

どうやら調教を手伝ってもらうようだ。

愛菜は動物と仲良くなれる特技を活かして、猿の軍団を自由自在に扱う。

猿共は愛菜に忠実だ。彼女が命令することによって、本来なら俺達がするべき作業を代わりにやってくれている。最近では、川に設置している仕掛けを回収することも可能になっていた。

猿が川エビを持ってきてくれるわけだ。

この猿軍団は非常に優秀で、俺達の活動に大きく貢献していた。

「なんだかんだで誰も休まないのな」

思わずクスッと笑ってしまう俺。

そんなこんなで大半の人間がアジトを出て行き――。

「さて、残ったのは俺達だけだな、陽奈子」

俺と陽奈子だけが残った。一〇分前は賑やかだったアジトの中が、今では閑散としている。

「は、はい、そうですね」

人見知りの激しい陽奈子だが、ある程度は話せるようになってきていた。

最初は姉の芽衣子がいないと何の意思表示もできなかったのに、今ではこうして単独で会話することが可能だ。だからなのか、芽衣子は最近、陽奈子と別行動をとることが多かった。

「陽奈子は何かする予定か？　俺でよければ手伝うぜ」

「じゃ、じゃあ……」

陽奈子は遠慮しながら用件を切り出した。

【一緒に潜ろう】

アジトの入口近く。

俺達以外に誰もいないそこで――。

「や、やっぱり、恥ずかしい……です」

「ならやめておくか？　俺は別にかまわないが」

「いえ！　続けさせてください。私、頑張ります、から」

――陽奈子が恐る恐ると服を脱ぎ始めた。腰紐を外して貫頭衣を脱ぎ捨て、スカートを下ろす。自作のパンツを脱ぐと、中に着ていた薄手のシャツも脱いだ。

透明感の凄いスベスベの肌が姿を現した。

「あ、あまり、見ないでください、だらしない身体ですので」

「そんなことないだろう？　キュッと締まっていていい感じじゃん」

「うぅぅ……」

陽奈子に続いて俺も服を脱いでいく。彼女のような恥じらいはない。パッパッパッと軽快に脱ぎ捨て、あっという間に全裸となった。

不思議なもので、今の俺は勃起していない。黒のおかっぱヘアがよく似合う可愛い女子の全裸を見ているというのに、我がペニスは半勃起すらしていないのだ。

勃起していない理由は二つ。

まず、俺はこの島で活動を始めてから経験豊富になった。女体を知らぬ童貞だったのは過去の話。一度だけとはいえセックスをしたこともあるし、なにより常日頃から色々な女子に性的なご奉仕をしてもらっている。そういった経験によって、勃起センサーが以前ほど敏感ではなくなっているのだ。

とはいえ、それだけでは勃起を免れないだろう。なにせ相手は陽奈子だ。髪型や背丈こそ違うものの、姉の芽衣子とそっくりな顔をした可愛い女子である。芽衣子に聞いた話だと、陽奈子は月に数回は告白されるほどのモテ具合だ。それほどの女子が全裸なのだから、通常であれば勃起センサーは反応不可避。

そこで二つ目の理由だ。

それは――。

「海に恥じらいを持ち込むと死ぬぞ。潜りたいなら覚悟を決めろ」

「は、はい！」

――これからするのが素潜りだからだ。

陽奈子のお願いとは、一緒に海へ潜りたい、というものだった。

俺と同じで彼女の鞄にもゴーグルが入っていた。それを使えば二人で潜れる。しばしば海に潜っている俺の姿を見て羨ましく思っていたそうだ。

「それにしても理解できないものだな……」

どれだけ女体を眺めていても勃起しない。いつもなら乳首を舐めたいとか色々と考えるのに、今はそんなことを考えていないし、考えられなかった。故に俺のペニスはふにゃふにゃのままだ。

「何が理解できないのですか？」

不意に漏れた心の声に陽奈子が反応してしまった。

「えっ!?」

上ずった声が出てしまう。素直に話すわけにはいかない。俺は首をぶんぶんと横に振った。

「いや、なんでもない、なんでもないぞ」

「そうですか……」

「と、とにかく、海に潜ろうぜ！」

「はい！」

この世界にはウェットスーツが存在しない。それどころか水着もないので、潜る時は男気全開の全裸ダイブになる。流石の朝倉姉妹でも、素材の都合で水着を作ることはできなかった。

「先に尋ねておくが、水は平気だよな？　泳げないとか言うなよ？」

「平気です！　もちろん泳げます！　水泳の成績はいいほうです！　中学時代はシュノーケリングをしていました！」

「シュノーケリング？　意外だな」

「えへへ。だからきっと大丈夫です！」

陽奈子が元気よく答える。よほど海に潜りたかったようだ。これから海に潜るということで興奮しているのか、いつもよりも口調がハキハキしている。

「では、アイツに乗るとしようか」

俺は視線を移動させた。陽奈子の顔から、アジトに入ってすぐの袋小路の窪みに浮かんでいる舟へ。搭載人数の上限が二・三人程度の小舟だ。

　この舟は自分達で造った。木の伐採から始めた完全にゼロからの造船だ。いつか隣の島を目指す時に備えての試作機である。

「滑らないように気をつけろよ」

　舟に乗るには梯子を下りる必要があった。

　だから梯子も自作した。こちらはお手製の紐と木の板があれば簡単に作れる。強度も十分だ。

「オールは……一人分しかないのだったな」

　舟に乗ってからオールが足りないことに気づく。二人で漕ぐつもりだったが、一人分しか用意されていなかった。予備のオールを作ろう、という話をしてそのままだったのを思い出す。すっかり忘れていた。

「私が漕ぎます！」

「いいや、俺がやるよ。陽奈子は体力を温存しておくといい。ここの海を泳ぐのは今回が初めてなわけだし」

「ありがとうございます、篠宮さん。ではお言葉に甘えさせていただきます」

　俺は左側のオールだけ漕いで、舟を回転させた。俺の背中が海に向いたのを確認すると、右のオールも動かす。

　舟は海に向かってゆっくりと進み始めた。

「陽奈子、足を踏ませてくれるか？」

　漕ぎ始めてすぐ、俺は尋ねた。

「えっ」

驚く陽奈子。

「私の足を踏みたいのですか？」

「特別な意味はない。その方が漕ぎやすいだけだ」

オールの漕ぎ方にはコツがある。

大事なのは全身で漕ぐことだ。腕だけで漕ぐと疲れる上に進まない。しかし、全身を使えば少ない力ですいすい進む。だからオール漕ぎが上手な人間は、漕ぐ度に身体が大きく揺れている。

俺もそうやって漕ぎたいのだが、いかんせん足が滑る。足が滑ると力が入りきらない。これでは舟の推進力が弱くなってしまう。そこで陽奈子の足をストッパーにして踏ん張る力を強めたいわけだ。

「分かりました」

陽奈子は承諾してくれた。

「痛かったら言ってくれ」

俺は自身の足裏を陽奈子の足の甲においた。そうやって漕ぐと、これが驚くほどぐいぐい進んでいく。やはり先ほどとは漕ぎやすさがまるで違っていた。

「痛くないか？」

「全然痛くありません。むしろちょっと気持ちいいです」

「足の甲はマッサージされると気持ちいいもんな」

ひたすらに順調だ。波が穏やかなので苦労しない。

「お、亜里砂がいるぞ」

遠目に亜里砂が見える。彼女は海に向かって伸びる天然の堤防みたいな岩に座っていた。その手には、俺と芽衣子が共同で開発・改良した竹製の釣り竿が握られている。

「あの竹竿になってから、海でも釣りまくりなんだよなぁ」

「それまで全然釣れなかったのに凄いですよね」

亜里砂は川釣りと海釣りで竿を使い分けている。

海釣り用の竿にはリールが装備されており、糸も強度を高めたものだ。リールは俺が、糸は芽衣子が作った。

「こちらに気づいたようだ」

亜里砂の顔が俺達に向いた。

「なんだか恥ずかしいです」

「向こうは気にしていないようだぞ」

亜里砂が笑顔で手を振ってくる。

「素潜りかぁ！　最高じゃねぇかぁ！」

亜里砂の声がここまで届いた。よほどの大声で叫んでいるようだ。こちらが普通の声で返しても、相手には聞こえないだろう。

だから俺も大声で返してやった。

「いいだろぉおおおおおおお！」

「わわわっ！」

陽奈子が体をビクンと震わす。俺がいきなり叫んだものだから驚いたようだ。

「裸だからっていいちゃいちゃすんなよぉおおおお！」

「しねぇええよぉおおおおおおお！」

叫んだ後に気付く。

このやり取りはまずかった。

俺は想像してしまったのだ。舟の上でいちゃいちゃするシーンを。

（やべっ）

そう思った時には時既に遅しだった。

「篠宮さん……あの……」

「嗚呼……」

俺と陽奈子の視線がある一点に集まる。

そこにあるのは――ギンギンに勃起した我がペニスだ。

一瞬で大きくなってしまった。先ほどまでふにゃふにゃだったのに。

「ごめん、亜里砂が変なこと言うから、反応しちゃって」

「いえ、大丈夫、大丈夫です。それより、篠宮さんは、大丈夫、ですか？」

陽奈子が顔を真っ赤にしながら訊いてくる。

「俺はいけるけど、なかなか恥ずかしいな」

「私も。男の人の、その、アレを見たのは、初めてだから……」

陽奈子が勃起ペニスを凝視してくる。

俺はペニスに向かって「鎮まれ！」と強く念じたが逆効果だった。妄想は加速する一方で、落ち着く気配がない。

妄想が増幅していった結果、俺はアホなことを口走ってしまう。

「そ、そんなに興味があるなら、触ってみる？」

初めて愛菜に手コキしてもらった日を思い出しての発言だ。あの後、愛菜は手で抜いてくれた。今でも鮮明に覚えている。だが、あんなものは奇跡だ。

「えっ、いや、その……」

やはり陽奈子の反応は違っていた。

目に見えて戸惑っていて、もじもじとしている。当然の反応だ。愛菜のようにはいかない。ここから手コキに発展するなどありえないのだ。そんな展開、ＡＶですらボツにされるだろう。

……ところが。

「少しだけ、触ってみても、いいですか？」

なんと食いついてきた。食いついてきてしまったのだ。まさかの展開に愕然とする。

だが、俺の対応は決まっている。

「も、もちろん！　ちょっとだけね、ちょっとだけ！」

「は、はい、ちょっとだけ……」

陽奈子は恐る恐る手を伸ばし、そして、俺のペニスに触れた。

【サメの到来】

ひとたび触ると、あとは止まらなかった。

「亜里砂さんから見えていませんか？」

「大丈夫だろ。距離があるし、向こうからは陽奈子の背中しか見えない」

「だったらいいのですが……」

「それよりも陽奈子、すげぇ上手だな」

「そ、そんな……。気持ちいい、ですか？」

「正直言ってたまらん。最高だ」

俺は陽奈子に手コキしてもらっていた。

オールを漕ぐ俺。ペニスをしごく陽奈子。

共に頑張ることで、舟は軽快に目的地を目指していた。が、手コキが始まる前に比べて、舟の速度が遅い。遥かに遅い。大して遠くない目的地が果てしなく遠く感じる。一秒でも到着を遅らせたいという俺の願望が、無意識に舟の速度に反映されていた。

「もう少し激しくしてもらってもいいか？」

「は、はい」

陽奈子はペニスから左手を離した。代わりに右手で握ってくる。

右手の手コキは先ほどよりも力が強く、それでいて動きが速い。ペニスを通じて俺に伝わる快感も激しくなった。俺の口から温かい息がこぼれる。

「さて、目的地に着いたわけだが……」

素潜りのポイントに到着してしまった。あとは速やかに潜り、サザエやアワビを惜しみなくゲットするだけだ。

しかし、その前に。

「このままでは潜れない。分かるよな？」

「分かります」

俺達の視線はフル勃起のペニスに注がれていた。

「なら、この後にどうするかも分かるよな？」

「はい……」

陽奈子の右手が更に激しくなる。

「そうそう。その調子だ」

俺はオールを隣に寝かせる。

両手がフリーになったので、こちらからも奉仕することにした。

右手を伸ばし、陽奈子の口に近づける。すると彼女は、俺の指をパクッと咥えた。何も言っていないのに、求めていることを理解している。素晴らしい理解力だ。

「ん……ん……」

陽奈子が俺の人差し指と中指を舐める。レロレロ、レロレロと舐め回している。

俺の指は瞬く間に彼女の唾液でまみれてしまった。

その指で、今度は陽奈子の乳首に触れる。今まで見たどの乳首よりも小さい。

「ああんっ」

乳首に軽く触れただけで陽奈子が喘いだ。体を大きく震えさせることで快感を表現している。めちゃくちゃ敏感だ。

「そんな……駄目ですよ……篠宮さん……」

「俺だけが気持ち良くなるなんて勿体ないだろ？」

「でも……その……あり、がとう、ございま……あんっ」

陽奈子はペニスを、俺は乳首を弄り続ける。

瞬く間に射精の時が近づいてきた。行為を次の段階に進めよう。

「舟を汚すわけにはいかないから……分かるよな？」

「えっと……どういう……？」

俺の視線が陽奈子の口に移る。

彼女の口は半開きで、可愛らしい舌が垣間見えた。

「口で頼む、ということだ」

そう言って、指で陽奈子の唇を撫でる。

「は、はい、分か、分かりました」

陽奈子は目に見えて緊張している。手コキすら初めてなのだから、フェラの経験などないのだろう。

それでも彼女は俺の要望に応えてくれた。おもむろに姿勢を変え、ゆっくりと四つん這いに移行すると、顔をペニスに近づけていく。

そして、ギンギンに勃起したペニスを口に含んだ。彼女の小さな口では、亀頭を咥えるだけで精一杯だった。

「すぐに出してやるからな」

「ふぁ、ふぁひ」

俺は陽奈子の後頭部に左手を添えた。その状態で、右手を使ってペニスをしごく。肉体的な快感に限って言えば、陽奈子の手コキよりも格段に気持ちいい。やはり自分のポイントは自分がよく分かっている。

「おお……！　おおおお……！」

軽くシコシコしただけで精子の波が防波堤を突破した。

「イク！　イクよ、陽奈――」

言っている途中に射精してしまった。陽奈子の口の中に、ドピュウゥゥっと俺の精液が放出される。結構な量が出た。陽奈子の頬が膨らんでいる。

「はぁ……はぁ……」

俺は天を仰ぎ、酸素不足の金魚みたいに口をパクパクさせた。圧倒的な快感だ。肉体的にも、精神的にも。これが、口内射精。

満足した俺は、ゆっくりと彼女の口からペニスを抜いた。

「んぐ、んぐぐぐ、んぐ」

陽奈子が俺を見てくる。ペニスを抜いても頬は膨らんでいた。おそらく彼女の口内では、俺の精液と彼女の唾液が溜まっているのだろう。

口の中の物はどうしたらいいのでしょうか、と目で尋ねてくる陽奈子。

俺はニチャァとゲスな笑みを浮かべた。

「俺達は今からこの海に潜るんだぜ？」

「！」

「なのに陽奈子、お前は海に精液を吐くのか？」

陽奈子が慌てて首を横に振る。

「だったら……分かるよな？」

陽奈子が頷く。次の瞬間、ゴクッという音が聞こえた。彼女はひと思いに口内の精液を飲み込んだ。

俺の出した精液を女が飲む。その姿は何度見てもそそられるものがあった。精神的な満足度が最高潮に達する瞬間だ。

「篠宮さん、あの、このことは」

「分かってるさ。誰にも言わないよ。二人だけの秘密だ」

「は、はい！」

こうして、陽奈子との間にも「二人だけの秘密」ができてしまう。

これで二人だけの秘密がないのは亜里砂だけとなった。

「凄く気持ち良かったよ。ありがとう」

「こちらこそ、ありがとうございました」

「陽奈子さえよければ、またお世話になってもいいかな？」

何食わぬ顔で尋ねる。

「わ、私でよければ、是非……」

陽奈子は恥ずかしがりながらも承諾した。

その姿が可愛くて、萎れたペニスが復活しそうだ。

しかし、これ以上はのんびりしていられない。

「さて、ガッツリ潜るとしようぜ！」

「はい！」

俺達はゴーグルを装着して海に潜った。

海の中は相変わらずの綺麗さで、資源が豊富にある。サザエやアワビ、更には立派な岩牡蠣までであった。辺り一面に広がる海の幸は、いつ見てもテンションを上げてくれる。本当にこの海は素晴らしい。

当然、陽奈子もそれらを見て大興奮だ。ウキウキした様子で回収していく。手当たり次第に獲ろうとするので、岩牡蠣だけは止めておいた。牡蠣は美味しいけれど、ノロウイルスのイメージが強い。だから我慢だ。

(手芸に加えて海女の才能もあるんだな)

陽奈子は海を自由自在に泳いでいる。自分から海に潜りたいと言い出しただけのことはあった。もしも彼女が手芸担当でなければ、海を任せていたに違いない。

(そろそろ戻るか)

俺はハンドサインで帰還を指示。

陽奈子はもう少し泳ぎたそうな表情をするも素直に従った。方向を転換し、海上に向かって進んでいく。

そんな時、俺達を驚かせる出来事が起きた。

「「――――！」」

同時に気付く俺達。

(あれは……！)

大型生物がこちらに近づいてきていた。

(サメだ！)

一頭のサメが凄まじい速度で迫ってきている。こちらに気付いていない、と捉えるには無理のある動きだ。一目散に俺達を目指している。

ゴボボボボボ！

陽奈子の口から大量の酸素が吐き出された。サメの出現に驚き、恐怖のあまり正気を失ったのだ。無理もない。大きなサメが迫ってきていると知って正気を保つほうが難しい。

だが、ここで混乱状態に陥るのはよろしくない。大量の酸素を吐き出してしまったせいで、陽奈子は一転して溺れていた。先ほどまでの余裕が嘘のようだ。今では海上がどちらかすら分かっていない。

（まずい！）

俺は慌てて陽奈子を抱える。でたらめに四肢をばたつかせる彼女をどうにか落ち着かせると、全速力で海上へ向かう。

そして、どうにか海から顔を出すことに成功した。

「サメ！　サメが来ています！　篠宮さん！　逃げないと！」

陽奈子が叫ぶ。完全に取り乱している。

「落ち着け、大丈夫だ。先に上がれ。サメは俺が対処する」

「そんな！　サメですよ？　食べられますよ!?」

「大丈夫だから。早く舟に乗ってくれ」

「は、はい、わかりました」

とにかく陽奈子を舟に乗せる。彼女が海の中にいては、大丈夫なものも大丈夫ではなくなってしまう。

俺は再び海に潜り、近づいてくるサメを確認した。

(やっぱりメジロザメだ)

サメにはたくさんの種類がある。その中でもメジロザメは温厚なサメだ。こちらが驚かさない限り、襲ってくることは殆どない。

俺はメジロザメと仲良くなる術を心得ている。恐怖を殺して、心の底から仲良くなろうと意識するのがポイントだ。こちらが動じることなく接すれば、相手も驚くことはない。見た目に反して人懐こい生き物だ。

俺の試みは上手くいった。特に苦労することもなくメジロザメと友好関係を築くことに成功する。最初は頬ずりをしたりヒレを撫でたりするに留まっていたが、最終的には跨がるまでに至った。

メジロザメに跨がった状態で海上に姿を出して陽奈子に言う。

「ほらな？　大丈夫だったろ？」

「サメに乗ってる……！　凄いです、篠宮さん！」

陽奈子は目玉が飛び出そうな程に驚いていた。なにがなにやら信じられないといった様子で、何度も俺とメジロザメを交互に見ている。

「メジロザメは堂々としていれば怖くないんだ」

「堂々とするなんて、普通は無理ですよ」

俺は「まぁな」と笑った。

「そうだ陽奈子、ちょっとそれを取ってくれ」

舟の中にある〈ある物〉を指す俺。

陽奈子はそれを手に取り、「これのことですか？」と尋ねる。

「そうだ——ありがとう」

陽奈子からそれを受け取る。

そのある物とは——銛だ。

俺は銛を手に取ると、メジロザメから下りて海に潜った。サメは舟底にくっつくようにして待機している。俺が何をするのか興味津々のようだ。

（よいしょっと）

俺は銛で適当な魚を突き刺す。

その瞬間、メジロザメが反応した。血の臭いに気付いたのだ。舟底から離れてこちらへ近づいてくる。

（ほら、ご飯だぞ）

俺は突き刺した魚をメジロザメにプレゼントした。手で掴んで、サメの口に魚を運んでやる。

サメはそれを頬張ると、自ら俺に頬ずりをしてきた。感謝の気持ちを表しているのだろう。

（それじゃ、またな）

俺は頬ずりを返した後、メジロザメの体を優しく叩いた。

気持ちが伝わったようで、サメが海の彼方へ消えていく。

（これでよしっと）

メジロザメが去ったので、俺も舟に戻った。

「まだ余力はあるけれど、そろそろ戻るとしようか。海のトラブルは体力を一気に消費するからな。余裕のある間に戻るのが正解だ」

「………………」

陽奈子は何も言わない。無言でジーッと俺を見ている。

「ん？　どうかしたのか？」

「篠宮……さん……」

「ど、どうしたんだ？　小便でも我慢しているのか？　それなら海でやってもバレな――」

「かっこよすぎですよ」

「はい？」

「海の篠宮さん、かっこよすぎです！」

陽奈子が顔を真っ赤にしながら言った。どうやらサメと戯れる俺の姿がよほど衝撃的だったようだ。まるで戦隊物のドラマを見ている幼稚園児の如く目を輝かせている。

「ありがとうな。でも俺はイイ男じゃないぜ。変態ってよく言われるし。実際に変態だ。海に入る前のことを思い出してみろ」

「それでもカッコイイです。素敵だと思います。凄かったです」

陽奈子が萎れた俺のペニスを触ってくる。

ペニスはみるみるうちに膨らんでいった。

「舟がアジトへ向かっている間、私、コレをしますね」

陽奈子がペニスをしごき出す。

俺は恍惚とした表情で「ああ」とだけ言った。

ゆっくりと舟をアジトへ向かわせる。

しかし、射精しそうになると一時停止。陽奈子にペニスを咥えさせて、口の中で盛大に出した。本日二度目の口内射精だが、放出される精液の量は衰えを知らなかった。俺が何か言うまでもなく、彼女は嬉しそうに俺の精液を飲んだ。

(今日だけで陽奈子との距離が随分と縮まったな)

射精を終えて移動を再開する。性的なご奉仕はおしまいにして雑談を楽しむ。

いつの間にか、陽奈子は俺に対して緊張することなく話せるようになっていた。少しずつ慣れ始めていたけれど、今日で更に距離が縮まったようだ。今では人見知りの面影すらない。

「また海に潜りましょうね！」

「おうよ」

初めての休日を陽奈子と過ごしたのは正解だった。

【定休日の制定】

俺にとってこの島は天国だ。

クソみたいな勉強をする必要はないし、大好きなサバイバル生活に打ち込める。仲間達の存在も最高だ。女性陣は揃いも揃って才色兼備だし、性的なご奉仕だって積極的にしてくれる。まさに天国だ。

しかし、この世界にも欠点は存在する。

娯楽だ。

ネット、ゲーム、テレビ、漫画、映画、エトセトラ……。現代の日本にあった数多の娯楽が、この世界には一つとして存在しない。そのことにはサバイバルマンを自称する俺ですら退屈に思うことがあった。

当然ながら、他の連中からすると俺以上に娯楽の無さは辛いだろう。

故に「今日は休みだよ」と言ったところで、皆のやることは大して変わらない。亜里砂は釣りをするし、芽衣子は手芸を行う。

違いと言えば、休みらしく好きなタイミングで作業を切り上げられるくらいだ。昼寝をするのもいいだろう。

ただ、これだって普段から変わらない。好きな時に好きなだけ休んでくれてかまわない、という方針を採っているからだ。体調が優れない時は無理に働かなくていい。

だから俺は休みというものを軽視していた。休日にそれほどの意味はないだろうと考えていた。

しかし、それは誤りだ。実際に休みを導入して実感した。

休みは必要である。

これは俺だけでなく、メンバー全員が思ったことだ。

休日というだけでリラックスできる。普段と同じ作業をするにしても責任感から解放される為、自由気ままに臨むことが可能だ。作業内容が同じでも、気持ちの面では大きく異なっていた。

「よし、今後は定休日を設けよう」

初めての休日を設けた二十二日目の夜、定休日の導入が決定した。

とりあえず今後は週二回、曜日で言うと土曜日と日曜日を定休日とする。

二十二日目こと今日は、カレンダーだと八月九日の金曜日になる。

そんなわけで、明日と明後日も休みということになった。

◇

二十三日目――八月一〇日土曜日。

今日の朝食はイノシシの肉とキノコのソテー。ゴリゴリに加熱した平らな石で焼き上げることによって、味だけでなく香りも楽しむことができた。衛生面の配慮から肉を薄くスライスしている為、さながら焼肉のようでもあった。

「それにしても海水に浸けて保存するとは考えたな、絵里」

イノシシの肉は昨日の夕方に調達した物だ。愛菜と花梨が猿軍団と協力して運んできた。

この世界には冷蔵庫がないので、本来であれば日をまたげない。アジトの奥にはひんやりした場所もあるけれど、生肉を保存するほどの力はない。したがって、その日に食べきれなかった肉はもれなく干し肉コースとなる。今まではそれが常識として扱われていた。

そんな常識に異を唱えたのが絵里だ。

彼女は「海水の中で肉を保存してはどうか」と提案したのだ。海水の温度は常温よりも遥かに低い。だから冷蔵庫の代わりになるのではないか、と。

悪くないと思った。

海水漬けと呼ばれる保存方法を聞いたことがある。サバイバルのみならず一般家庭でも使われているものだ。

日本でも野菜の海水漬けがテレビで紹介されたことがあった。もっとも日本の場合、使用するのは海水と同じ塩分濃度の水であって、本物の海水を使うわけではない。

とはいえ、イノシシの肉を海水漬けで保存するというのは前代未聞だ。上手くいくかは運次第だった。

だが、結果は大成功だった。彼女は常識を覆したのだ。

「私も食べたいなぁ」

「あたしも！　あたし達が獲ってきたイノシシだし！」

花梨と愛菜が羨ましそうに見つめてくる。

「次回はそっちの番だから、今回は我慢するんだな」

食あたりを警戒した俺は、肉を食べる者の数を絞っていた。

今回は俺と田中、それに亜里砂と陽奈子が食べている。仮にこの海水漬けで食中毒に陥ったとしても、ダウンするのは俺達四人で済む。リスクの分散だ。

その為、他の連中は残念ながらおあずけである。

「味はどうなの？　悪くない？　昨日とは違うかな？」

絵里が尋ねてきた。

彼女は俺に向かって言ったのだが、答えたのは別の人物だ。

「美味しいでござるよ！　絵里殿の料理は最高でござる！　これなら拙者、いくらでも食べられるでござる！　流石は絵里殿でござる！　拙者、絵里殿みたいな女性と結婚したいでござる！　きっと素敵なお嫁さんになれるでござるよ！」

田中だ。

彼は周囲が驚愕する勢いで捲し立てた。鼻息をフガフガさせて、それはもう凄まじかった。

俺達は苦笑い。

田中を崇拝している影山ですら軽く引いていた。「うわぁ」と言いたげな顔をしている。そのくらいに田中は強烈だった。

「あ、ありがとう、田中君」

絵里が引きつった笑みを浮かべる。

それから改めて俺に尋ねてきた。

「火影君はどうだった？」

絵里がわざわざ俺に意見を求めるのは、田中の意見が当てにならないからだ。

彼の場合、絵里の料理なら何を食べても褒めちぎる。たとえゲロマズのゲテモノであっても、全力全開の笑顔で「最高に美味いでござる」としか言わないだろう。それでは参考にならない。

「普通に美味しいよ。腐っているような気配はまるでない。たぶん食当たりを起こすことはないと思う。味についてもう少しだけ言わせてもらうと、どうしても塩味が強めだね。たくさん塩を振って焼いたようなイメージ。たぶん海水漬けの食材を調理するなら、追加の塩は必要ないんじゃないかな」

絵里が「おー」と感嘆の声を上げた。

「すごい参考になった！　ありがとう！」

田中の時と俺の時で、絵里の反応がまるで違う。今の彼女は目をキラキラと輝かせており、声はこの上なく弾んでいた。

「田中ァ、今のが正しい回答だぞ！」

亜里砂がニヤニヤしながら田中の肩を小突く。

「むむぅ」と唸る田中。

「会長……ファイトでやんす……」

影山が小さな声で応援した。

「お水のおかわりはいる？」

俺のコップが空になったのを見て、絵里が青銅製のヤカンを持つ。その中には、煮沸してから十分に冷ました湖の水が入っている。とても綺麗な水だから煮沸しなくても大丈夫とは思うが、念には念を入れておく。知らない水を飲む時は煮沸するべし、というのはサバイバルの基本だ。

「ありがとう、もらうよ」

箸で肉を食べ、コップで水を飲む。

その食事風景はまさに現代の日本人そのものだ。

(たまんねぇなぁ、この生活……)

アジトの外で燦然と輝く太陽を見て、俺は頬を緩めた。

◇

朝食が終わると自由行動だ。

愛菜と花梨は、昨日に引き続いて猿の調教をするようだ。猿軍団を率いていずこかへ消えていった。既に人間顔負けの猿軍団を更に躾けるとは恐れ入る。

亜里砂はウキウキで海釣りに繰り出した。釣った魚の運搬係として影山が強制的に同行させられる。拒否権のない強引な決定だったが、影山はなんだか嬉しそうにしていた。

絵里は食材の採取をするそうだ。さも当然のように田中が同行している。田中曰く「拙者は絵里殿の親衛隊でござる」とのこと。意味が分からないけれど、田中の発言は半分近くが意味不明なので気にならなかった。

芽衣子と陽奈子は手芸をする予定だった――が、ここで問題発生だ。

「篠宮さんも一緒にやりましょうよ！　手芸！」

アジト内の人間が俺と朝倉姉妹だけになるなり、陽奈子が言ってきたのだ。それまでは大人しいキャラだったのに、突如として明るい声で言う。おそらく芽衣子と二人の時はそういうキャラなのだろう。

「えっ」

驚いたのは芽衣子だ。

彼女は俺と陽奈子の顔を交互に見つめた。

それから――。

「篠宮君、ちょっと」と言って、俺をアジトの奥に連れて行った。

陽奈子から十分に離れたところで止まる。

「陽奈子と何があったの？」

「何がっていうと……」

「昨日、二人で海に潜ったのは知っているよ。でも、それだけじゃないよね？」

「そ、そそそそ、それだけじゃない、というのは？」

詰問されて目が泳ぐ俺。その反応が「それだけじゃないよ」と答えていた。

芽衣子は既に察しが付いているはずだ。他に何があったのかを。

それでも彼女は、俺の口から言わせようとする。

「分かるよね？　篠宮君」

暗く狭い空間で、芽衣子に壁ドンをされる。

本来なら男がする側のはずだが、今は俺がされる側だ。

「えと、昨日、陽奈子さんに、手で、いや、手と口で、その、抜いてもらった、といいますか、そういうことになった、といいますか、えと、そういうことが、ありました、はい」

自白する。

隠し通せないのは明白だ。怒った芽衣子に殺されることを覚悟した。

……が、そんなことにはならなかった。

「やっぱりね。そんなことだろうと思った」

「怒っていないのか？」

「別に怒らないよ。個人の自由だし。ただ気になったから訊いただけ」

「ホッ」

「それはそれとして、篠宮君、陽奈子と付き合いだしたの？」

「いえ、そんなことはありません！　付き合ってはおりません！」

「そう勘違いされるようなことを言った？」

「言っておりません！　神に誓ってそう断言できます！」

変な口調になる俺。動きも変で、何故か敬礼していた。芽衣子のプレッシャーが強烈過ぎて混乱している。

「だったら問題ないわね」

芽衣子が俺の股間をさすってくる。おそろしく淫らな手つきで、ズボン越しでも即勃起。快楽のあまり口の端から唾液がこぼれそうだ。

「また私とも愉しもうね」

そう言うと、芽衣子は俺から離れていった。

「続きはないのな……」

俺は無駄に勃起したペニスをなだめる。おそらく今の俺は、とても情けない表情をしているだろう。

股間のモッコリが消えると、芽衣子の後を追った。

「篠宮さん、手芸はされないんですか？」

入口に戻ると芽衣子と陽奈子が待っていた。

「えーっと、俺は」

「今日は一人で行動するんでしょ？　篠宮君」

芽衣子がギッと俺を睨む。

有無を言わせないその目つきに、俺はガクブルと震えた。

「そ、そうだよ。今日は周辺の探索でもしようかなって」

「了解でーす！　お姉ちゃん、行こ！」

陽奈子が芽衣子の手を取って歩きだす。

芽衣子はしばらく歩いた後で振り返り、俺を見て微笑んだ。

「じゃーね、篠宮君」

二人が消えた後、俺は大きな安堵の息を吐く。

「芽衣子、こえー」

これが姉妹に手を出すということなのか、と痛感した。

だが、陽奈子に二度も抜いてもらったことは後悔していない。

【千載一遇の好機】

俺達の活動範囲は限られている。

アジトから半円状に北側が縄張りだ。頂点は朝倉洞窟で、そこから北へ行くことは滅多にない。皇城チームの活動範囲と重なってしまうからだ。その為、朝倉洞窟より北についてはそれほど詳しくない。

だが、朝倉洞窟よりも北――皇城チームの活動範囲に資源が充実しているのは確かだと断言できる。

連中が活動範囲を拡大せずに留まっているからだ。動物の肉を主食とする皇城チームのメンバー約二〇〇人が飢えずに過ごせているあたり、俺達の縄張りよりも遥かに多くの動物が棲息しているに違いない。

本当に此処は快適なチートアイランドだよな、と思う。

皇城チームなんて本来なら絶滅していてもおかしくない。俺達はサバイバル技術で適応できているけれど、連中は違う。適応できていないにもかかわらず、学校の授業で得た知識だけで凌いでいるのだ。

◇

俺は朝倉洞窟の周辺で地面を調べていた。

足跡から動物や人間の動向を把握する。

「相変わらずこちらには来ていない、か」

朝倉洞窟の周辺にある人間の足跡は、俺と影山のものだけだった。

他の人間――つまり皇城チームの足跡は見られない。念の為に調べる範囲を拡大してみたけれど、やはり変わりなかった。皇城チームにはこちらへ来る気がないようだ。

「それにしても……夏だな」

この世界に転移した日に比べて、現在の気温は高めだ。

おそらく二十八度前後。ギリギリ三十度に届かないくらいだ。

ここ最近は常にこのくらいの気温で推移していた。湿度が低いのでそれほど不快には感じないものの、それでも多少の鬱陶しさを感じる暑さだ。寒すぎるのは困りものだが、もう少し涼しいくらいでちょうどいい。

この世界の気温は日本の都会よりも一回り低い。日本の場合、八月の気温は三十度を軽く超えてくるのが一般的だ。それに比べると、この島は快適と言えるだろう。

ただ、日本と同じく四季があると仮定した場合、冬が怖いところだ。夏が日本よりも涼しいのならば、冬は日本より寒くてもおかしくない。この島で日本以上の寒さというのは絶望的だ。日本と違って寒さ対策が難しいから。

とはいえ、よほど激しく吹雪かない限り、現状でも十分に乗り切れる見込みだ。もちろん快適とはいかないが。

なんにせよ、動ける間に動いておくとしよう。昔の人も言っていた。備えあれば憂いなしだ。

足跡の調査を終えた俺は、次の場所へ向かった。

◇

「海水漬けのイノシシ肉は問題なかったな」

朝食から既に四時間が経過した。

体調は極めて良好だ。吐き気を催すだとか、酷い腹痛と下痢に見舞われるだとか、そういった問題は起きていない。食中毒の中には食後二日ほどしてから発症するものもあるので油断はできないけれど、この調子なら定番メニュー化できそうだ。

その為にも――。

「さて、肉を調達するとしようか」

ウサギやイノシシの棲息地にやってきた。

「あっ、火影」

そこには花梨がいた。

「火影も此処に来たんだ」

「「ウキキィ！」」

愛菜と猿軍団も一緒だ。

「そういえば猿の調教をしているのだったな」

「今ね、罠の作り方を教えていたの！」

愛菜が嬉しそうにニコッと笑う。

「そこにある罠はこの子達が作ったんだよ」

花梨が指したのはウサギ用の落石トラップ。かつて俺が教えたものだ。

「猿は手先が器用だから罠を作れるのは分かるが、よく重石をかけることができたな。猿の力じゃ持てないだろうに」

落石トラップは、同じような長さの小枝が三本あれば作れる。数字の「4」に似た形に連結させるだけで完成だ。

しかし、罠のメインである石はそう容易くない。獲物のウサギを逃がさない為にはかなりの重さが要求されるのだ。俺達でさえ重く感じる程の石が必要になる。華奢な体の猿に持てるわけがなかった。

「そこは協力プレイなんだよねー？」

愛菜の言葉に猿たちが歓声を上げる。

「実演するから見ててよ」

「はいよ」

「皆ー、石の罠を作って！」

「「ウキィ！」」

愛菜が合図すると、猿軍団は慣れた様子で落石トラップを作り始めた。

「おお……」

あまりの協力プレイに舌を巻く。想像以上の効率だった。

数匹の猿が高速で木を加工して罠を作っていく。かと思えば、その他大勢の猿は協力して重石を持っていた。俺達に最も欠けているマンパワーの凄さをマジマジと見せつけてくる。全員で協力すればこんな石だって持てるんだぜ、と。

罠の完成までにそれほどの時間を要さなかった。流石に俺よりは遅いけれど、田中や影山よりは格段に早い。つまり人並みレベルの作業効率があるわけだ。猿なのに。

「凄いな」

無意識にこぼれる感想。

「あたしとリータがタッグを組めば二倍の効率だよ！」と愛菜。

誇張表現ではない。本当に二倍の効率だ。いや、それ以上である。

俺は改めて「すげーな」と感嘆した。

女性陣は皆、一部分においては俺よりも秀でている。愛菜は動物を駆使できる点、亜里砂は釣り、絵里は料理。朝倉姉妹は手芸が得意だし、花梨は万能な上に教えるのが上手い。

おかげで大助かりだ。

「そういえば、火影はどうしてここに？」

落ち着いたところで花梨が尋ねてくる。

「たしかに、どうして？」

愛菜も首を傾げた。

「イノシシを捕まえに来たんだ」

「イノシシを捕まえる？　罠でってこと？」と花梨。

「いや、友好的に捕まえようかなって」

「友好的ィ!?　あたしら、イノシシを食べまくってるよ？」

愛菜には俺の考えが分からなかったようだ。

一方、歴史の知識がある花梨は俺の考えを読んでいた。

「家畜にするってこと？」

「正解だ。可能なら此処のイノシシを引っ越しさせたい」

「ウサギ用の罠を壊されることがあるもんね」

「それもある」

イノシシはしばしば落石トラップを壊すことがあった。

このトラップは、絶妙なバランスで形を維持している為、イノシシの何食わぬ体当たりであっけなく崩壊する。それでイノシシが動けなくなれば不幸中の幸いと言えるのだが、ウサギ用の罠なのでイノシシには通用しない。

しかし、イノシシを引っ越しさせる理由は他にもある。

「一番の理由は、此処まで来るのが面倒だからだ」

俺はイノシシを家畜化したいと考えている。歴史を紐解くと、家畜化したイノシシがブタだそうだ。

だが、この場所だと家畜化の作業が難航することは目に見えていた。なにせ此処は、俺達の活動範囲の限界付近に位置する。どう考えても都合が悪い。

そこでイノシシを近くに引っ越しさせるわけだ。

とはいえ、まだ本格的に家畜化を進める段階ではない。イノシシを囲む為の柵すら作っていないし、どこで飼育するかも決めていない。

今は準備段階——家畜化に備えて行動する時だ。

「イノシシの捕獲ってどうやるの？」

花梨が訊いてきた。

「現代だと『くくり罠』というトラップを使うのだけど、この世界じゃそうもいかない。それに、罠に嵌めて警戒心を持たれるのも困る。品質が劣化するからな。だから俺は、罠を用いることなく普通に捕まえようと思う」

「普通って、イノシシをそのまま手で捕まえるの？」

「そういうこと」と頷く。

愛菜と花梨は「何言ってんだコイツ」と言いたげな顔。

「大人のイノシシが相手だと難しいだろう。気性が荒い上に力が強いので危険だ。それに心を開かせるのも難しい。だから子供のイノシシを狙う。大人に比べて非力だから危なくないし、なにより仲良くなりやすいだろう。餌をあげるなどの世話をすることで心を開かせたら、そのまま目的地まで誘導するわけだ」

「なるほど、流石だね。そこまで考えているなんて。それもサバイバルの知識？」

「いいや、これはただの思いつき。だから成功するかは分からない。でも、やってみる価値はあるだろう」

「そうだね」と頷く花梨。

その隣で愛菜が「はいはい！」と手を挙げた。

「あたし、その仕事やってみたい！　面白そう！」

「かまわないけど、できるのか？」

「あたしは動物と仲良くなれるから！　この辺のウサギさんには嫌われちゃったけど、他の動物なら問題ないと思う。だから最初はあたしに挑戦させて！」

動物と仲良くなる任務だし、愛菜が適任だろう。

「分かった。じゃあ、また詳しく決まったらお願いするよ。今からイノシシを誘導されても困るから、今日のところは何もしないでくれ」

「りょーかい！」

猿軍団の訓練がちょうど終わりかけている。

「そろそろ戻るか。少し遅いけど昼を食べないと。身体は資本だ」

「そうね」と花梨が同意する。

「今日は熱が入り過ぎて延びちゃったねー」

愛菜は帰還に賛同すると、猿軍団に新たな指示を出した。

「リータ、解散！」

その指示を受け取ったリータが子分の猿軍団に解散を命令する。

「「ウキキィ！」」

すると猿軍団は愛菜に敬礼して、サササッと散っていった。音速で木に登り、あらゆる方向へ消えていく。本当に凄い連携だ。何度見ても感動する。

「いつか猿共に恩返ししないとな」

あれだけ優秀な猿がただ働きしてくれるのはありがたい。だが、いつもいつもただ働きをさせるのは可哀想だ。機会があればお礼をしたいところ。

「いいねー！　リータも喜ぶと思う！」

愛菜が嬉しそうに頷いた。

天候が急変したのは、まさにその時だった。

パラパラと、まずは小雨が降り始める。

「雨か？」と俺が言っている間に、雨の勢いが強まっていく。

「「火影！」」

愛菜と花梨が叫んだ。

「大雨だ！　篠宮洞窟に向かうぞ！」

作物にとってはありがたい大雨でも、俺達にとっては天敵だ。雨に打たれ続けると体力が低下するし、なにより風邪をひく恐れがある。

この世界における風邪は日本のように優しくない。医療が発達していない為、日本とは比較にならない確率で悪化する。悪化すると、肺炎や腎盂炎をはじめとする合併症を引き起こしかねない。この島でそんな状況に陥ったらまず助からないだろう。

だから俺達は全力で避難する。今の状況を日本と同じ感覚では扱わない。

「朝倉洞窟のほうが近くない!?」

走りながら愛菜が言う。

「あそこは駄目だ。皇城チームが来るかも知れない。それに、こんな時は篠宮洞窟のほうが適している。備えがあるからな」

俺はサバイバルマンを自称する男。突然の雨など想定済みだ。

なので篠宮洞窟には、事前に焚き火セットと着替えの服を用意しておいた。皇城チームが来てもバレないよう、どちらも隠してある。

「私達の作った水路がようやく役に立つね」と笑う花梨。

以前、俺達は暴風雨に見舞われたことがある。

この世界に来て数日目の頃だ。

あの時は大変だった。地面にできた水溜まりのダムが決壊して、洞窟の中に泥水が流れ込んできたのだ。幸いにも事なきを得たが、暴風雨が長続きしていたらどうなっていたかは分からない。

その後、対策の甘さを痛感した俺は、花梨と協力して水路を作った。篠宮洞窟の入口付近にできた水溜まりは、その水路を通って洞窟から逸れていく仕組みだ。これならよほど酷い大雨でない限り、洞窟内に水が流れ込んでくることはない。

水路を作ってから二週間以上が経過して、ようやく役立つ時がやってきた。

「よし、先に入ってろ！」

どうにか洞窟に到着すると、二人を中に入らせた。

俺は洞窟の側面に移動し、両手で地面を掘り起こす。

事前に埋めておいた漆塗りの木箱が姿を現した。

それを抱えて洞窟内に飛び込んだ。

「これで助かるぞ」

箱の中には着替えと焚き火セット、それにタオル代わりの布キレがあった。

俺達は大急ぎで着替えて、洞窟の中間地点で焚き火を始める。

中間地点は入口よりも低い為、一酸化炭素が洞窟にたまることはない。空気より軽いので洞窟の外へ抜けていく。中毒死の予防も完璧だ。

「「ふぅ」」

焚き火で身体が温まりだすと全員が安堵した。

「それにしても大雨なんて災難だね」と愛菜。

「風がないだけ救いだけど、それでもきついね」

花梨が頷く。

「ああ、そうだな」

そう同意しつつも、俺は「だが」と続けた。

「俺はこの時を待っていたんだ」

「「えっ」」

驚く二人。

「待っていたって、どういうこと？」

花梨が尋ねてくる。

「ククク……」

我ながら不気味に笑う。

「この大雨は千載一遇のチャンスなのさ」

【雨宿り】

突如として襲い掛かった予期せぬ大雨。

本来ならただの災難だが、今回は好機の雨と言えた。

「千載一遇のチャンスって？」

「あたし達にも分かるように言ってよ！」

花梨と愛菜が答えを知りたがっている。

「たしかに雨はうざい。此処には雨傘なんてないからな。濡れると風邪をひくリスクもある。

それに雨の間は行動が制限される。迷惑この上ない。だが――」

俺は視線を洞窟の外に向ける。

雨量だけなら前の暴風雨に劣らぬレベルだが、雨水は流れ込んできていない。地面に当たって跳ねた水しぶきが入口付近を濡らしている程度。あとは水路に誘導されて逸れていく。

「――それは相手さんも同じ事なんだ」

「相手さんって？　……もしかして」

愛菜が気づく。

花梨も「ハッ」と口に手を当てた。

どちらも気がついたようだ。

「そう、皇城チームだ。当然ながら連中にもこの大雨が襲いかかっている。彼らのグループは約二〇〇人の大所帯。しかし、その全員が屋根のある場所へ避難できるわけではない。田中と影山の話からすると、雨から身を守れるのはせいぜい三〇人程度。ぎゅうぎゅうに詰めたとしても五〇人が関の山だ。つまり、半数以上が雨ざらしとなる」

これは大変なことだ。

雨が長引けば長引くほど、皇城チームにはダメージが入る。行動が制限されるだけの俺達とは違って、連中には重大な後遺症を残しかねない。被害は甚大だ。

そんな雨がかれこれ一時間以上も降り続けている。そして、未だに降り止む気配を見せていない。皇城チームにとっては絶望的と言えるだろう。この雨によってチームが崩壊したっておかしくない。

「しかも皇城チームには替えの服がない」

「そっか。いま私達が着ている服って、芽衣子と陽奈子が作った物だもんね」

花梨がアカソの服の裾を指で摘まみながら言う。

「そういうこと。皇城チームの大半が明日は全裸生活を送ることになるだろう」

愛菜が「うわぁ……」と顔を歪める。

「想像しただけで軽く絶望できる状況ね」

「おそらく動けなくなる者が大量に出るはずだ。当然、そいつらを見捨てるわけにはいかない。元気な人間がカバーに入るだろう。だが、一体どれだけの人間が元気に活動できるのか。間違いなく一〇〇人にも満たない。半数以上がダウンするわけだ」

俺は人差し指を立て、「想像してみてほしい」と話を続ける。

「彼らは自転車操業的な生活を送っている。田中と影山が脱走した時点では保存食というものが存在せず、その後も大した備蓄がないことは確認済みだ。元気に動ける者だけで全員分の食糧を調達するというのは無理があるだろう。特に連中の主食は動物の肉だからな。山菜やキノコと違い、同じ位置に自生しているわけではない」

サバイバル知識の差が如実に表れる展開だ。

この雨によって皇城チームが弱体化するのは目に見えていた。

「状況はよく分かったわ。でも、それがどうチャンスに繋がるの？」

花梨が話を核心部へ移行させる。

「今の皇城チームは力で支配している。ウチとは違い、皆の満足度が高いわけではない。だから、雨によってチームが大幅に弱体化するようなことがあれば、必ず綻びが生じる」

「具体的にはどんな綻びを想定しているの？」

「田中や影山のような脱走兵の続出だ。雨ざらしにされている五位の連中は、この雨に紛れて脱走する可能性が高い。田中と影山がそうであったように、五位の仕事は命懸けだからな」

皇城チームには階級制度が存在する。

一位から五位まであり、五位は最底辺だ。

キノコの毒味から肉食動物との戦闘まで、危険な任務は五位の人間が優先的にやらされる。五位は使い捨てのコマとして扱われているわけだ。雨が降らずとも、遅かれ早かれ食中毒などによって死ぬリスクが高い。実際、田中のオタク仲間の中には、人柱として毒キノコを食わされて死んだ者がいる。

「五位の連中はこれまでにキノコや山菜の毒味をさせられているから、ある程度は食べられる物を把握しているだろう。この機に逃げ出すのは間違いない。今までは皇城白夜の凶暴性に怯えて逃げられなかったが、弱体化すれば好機と捉えて脱走する奴が現れるはずだ。おそらく大雨が降りしきる今この時にも、誰かしらが脱走しているだろう。俺が言うチャンスとは、そうした連中を仲間に引き込めるかもしれない、という意味だ」

「なるほど、戦力を強化するわけね」と花梨。

俺は「そうだ」と頷き、さらに続けた。

「今の俺達にはマンパワーが圧倒的に不足している。食料調達などの小さな作業は問題ないが、大きな作業――例えば向こうの島へ行く為の造船などに着手する余裕はない。仮に着手したとしても、今の人数だと船の完成までに膨大な時間を要するだろう。サグラダ・ファミリア並みの長期工事になりかねない」

「たしかに」

「今回の一件でどの程度の脱走兵が現れるかは分からないが、理想としては一〇人ほど引き抜きたいところだ」

「一〇人って……思ったより少ないね？」

「これがシミュレーションゲームならもっと多くてもいいんだけどな。現実だからよそ者を急激に増やすのは良くない。日本にいた時、移民が問題を起こしたって海外のニュースがよく流れていただろ？　グループに適応していないよそ者が急増すると、ああいう余計なトラブルが起きてしまう。だから一〇人程度が理想だ。それでも少し多すぎるくらいだが」

人員の増加は急務だが、急ぎすぎても駄目だ。少し増やす、チームに馴染ませる、また少し増やす……その繰り返しで拡大するのが望ましい。じれったいところではあるけれど、この辺は絶妙な調整力が求められる。

「じゃあ、雨が止んだら引き抜き開始だね」

「だな。休日返上で取り組むぞ」

「制定されたばっかりなのに返上されるとか、定休日って一体……」と愛菜。

「代休を用意するさ」

篠宮洞窟の中で、俺達は今後の計画を練るのだった。

◇

深夜、俺は不意に目を覚ました。

大丈夫とは思っても、洞窟内に浸水してこないか不安になる。

「問題ないな」

洞窟内に水は入ってきていない。そのことを確認して、ホッと一安心。

「火影も起きたんだ？」

再び横になろうとした時、愛菜が起き上がった。

その隣では、花梨が壁に身体を向けて眠っている。彼女は完全に安心しきっているようで、すやすやと寝息を立てていた。

「同じタイミングで起きるなんてすごい偶然だね」

愛菜が壁にもたれるようにして座る。花梨の背中側に位置する壁だ。

「全くだ」

俺は愛菜の隣に座った。なんとなく、彼女がそうしてほしいと求めているように感じたのだ。

実際、その直感は正しかった。

「火影、久しぶりに、いい？」

愛菜がキスをねだってきた。

彼女はキスが好きだ。しばしばこうしてねだってくる。もっとも、普段は誰もいない時に限られていた。今は近くに花梨がいるけれど、眠っているから問題ないと判断したのだろう。

「いいよ」

俺は愛菜の前に上半身を移動させ、彼女の唇を奪った。

愛菜の口内に舌をねじ込むと、彼女のほうもそれに応えてくる。舌と舌が絡み合って淫らな音が洞窟内に響く。そこへ時折、呼吸音も混ざった。濃厚なキスだ。

そんなことをしていると、当然のように勃起が始まった。昔の俺なら秒速でフル勃起だったけれど、今の俺は強いので半勃起程度。だが、勃起した以上、そのままでは眠れない。

「分かってるよな？」

俺はキスを止めて、視線をペニスに向けた。

愛菜も同じところを見つめながら小さく頷く。頬が赤くなっていた。

「じゃあ、頼むよ」

俺は愛菜の前で仁王立ち。

愛菜はゆっくりと俺のズボンをずらしていく。パンツも下ろしてペニスをあらわにすると、おもむろにそれを咥え始めた。

今日のフェラチオは実に静かだ。花梨を起こさないように意識している。俺は激しいものを好むけれど、こういう静かなのもたまには悪くない。

深夜の静寂さと相まって、いつもとは違う気分を楽しめた。

(明日は忙しいから早めに仕上げないとな)

楽しみもそこそこに射精へ取りかかる。

半歩後退して、腰を微かに引いた。

それだけで愛菜は次の展開を悟る。

「いいよ……」

大きく口を開けて、顔を俺に向ける愛菜。

俺は彼女の口の上でペニスをしごいた。

一瞬にして絶頂へ到達し、射精の時が来る。

(早漏の力が伊達ではないことを証明してやろう!)

愛菜の口にペニスを突っ込み、しごく力を強める。

その瞬間、膨張したペニスから大量の精液が飛び出した。

見事に愛菜の口内へ収まる。一滴たりともこぼれない。

射精量、射精タイミング、射精角度……今回も完璧な射精だ。

「ふぅ」

スッキリした俺は、その場で横になった。

「イクだけイッて感謝の言葉を言わないのはダメだよ」

愛菜は精液を飲み干し、俺と花梨の間で横になる。

「気持ち良かった。いつか下の口にも出させろよ」

賢者モードのせいで荒い口調になる。

だが、愛菜にはそれが良かったみたいだ。

「いいよ……。あたしも、気持ち良かった……」

愛菜は嬉しそうに微笑み、軽くチュッと唇を重ねてきた。

その口からは精液の匂いがしたけれど、俺は何も言わなかった。

言ったら殺される気がした。

【予防グッズ】

雨が止んだのは翌日の朝だった。

実に半日以上もの間、豪雨が続いていたことになる。

それでも、洞窟内に雨水が流れ込んでくることはなかった。水路様々だ。

「とりあえずアジトへ戻ろう」

「あたしはもうお腹ペコペコだよ」とお腹をさする愛菜。

「私も。今度から干し肉も箱に入れておく？」

「いや、匂いが強いと動物にほじくりかえされる恐れがある」

朝日が昇ると同時に俺達は動き出した。

ぐじゅぐじゅの道を競歩スタイルで移動してアジトへ向かう。

「火影！　愛菜！　花梨！　あんた達、無事だったんだな！」

アジトに戻ると亜里砂が迎えてくれた。他のメンバーも揃っていて、欠員は誰もいない。皆が俺達を見て歓声を上げげた。全員、健康面に特段の問題は起きていないようだ。

「心配をかけて悪かったな。朝倉洞窟の近くにいたもんでさ。アジトまで距離があったから、篠宮洞窟で雨宿りをしていたんだ」

「そういえば、篠宮洞窟にはこんな時に備えて着替えとか隠してあったんだよね」

俺達の食事を準備しながら、絵里が言った。

「まぁな。だからそれほど苦労しなかったよ。焚き火で体を温めていたから体調も問題ない。どうやらイノシシの肉も問題なかったようで、食中毒にもなっていないぜ」

今日の朝食は久しぶりとなる鮎の塩焼きだ。少し前まで土器バケツの中を泳いでいた鮮度の高い鮎で作ってくれた。最近は凝った料理が多かったので、こういうシンプルな一品は逆に新鮮味がある。

「いただきます！」

焼き上がった鮎に齧り付く。文句なしに美味い。

久々に食べるサバイバルの基本料理は、俺のサバイバル魂を燃え上がらせた。

「今日は休日返上で働くぞ」

胃袋が落ち着くと、引き抜き大作戦の計画を話した。

誰からも異論は出なくて、サクサクとチーム編成に入る。

「念の為に二人一組で行動する。組み合わせは、俺と亜里砂、絵里と田中、花梨と影山、そして芽衣子と陽奈子だ」

「火影、あたしは？」

愛菜が自分の顎を指しながら尋ねてくる。

「愛菜には食料の調達をお願いしたい。リータとその子分達に頼んで、木の実やキノコを大量に採取してくれ。おそらく問題ないとは思うが、引き抜きの結果次第では保存食の備蓄が不安になるかもしれん」

「了解！」

「チーム編成に問題なければ作業に入るが、異論はあるかな？」

おそらく異論は出ないだろう、と俺は思っていた。この確認は半ば形式的なものなのだ。念の為にいつも確認しているが、異論を唱えるものはいなかった。

だが、今回は違う。異論が飛び出した。それも二名——絵里と芽衣子だ。

「私、火影君と同じチームにしてほしい」と絵里。

「うがぁぁぁぁ!?　どうしてでござるか！　絵里殿ォォオ！」

絶叫する田中。

「ごめんね、田中君」

絵里はそれだけしか言わなかった。

妙に重い空気が流れる。それに気付いていないのは田中だけだ。

いや、もしかすると田中も気付いているのかもしれない。実際のところはどうなのか分からない。とにかく気まずかった。

「折角のご指名だからそうしよう。じゃあ、亜里砂が田中と組んでくれ。亜里砂、かまわないか？」

「いいよ！　田中ァ、私は方向音痴だからな？　迷わないようにしっかりするんだぞ！　エスコートだ、エスコート！　男は黙ってエスコート！」

「承知したでござる……」

田中は目に見えて悲しんでいる。よほど絵里と組みたかったのだろう。彼が絵里に惚れているのは誰の目にも明らかだ。

「そうしょげるなって！　私が恋愛のテクニックを教えてやるからさ！」

亜里砂は田中の肩に腕を回し、ニシシと笑う。

「彼氏いない歴年齢の亜里砂にテクニックなんて分かるの」

愛菜がニヤニヤしながら突っ込む。

「そういう愛菜だって彼氏できたことないじゃんかよぉ！」

「ちょ、あたしは告られたことあるもん！　断ってるだけだし！」

「それを言うなら私だってそうさぁ！　花梨も絵里も芽衣子も陽奈子もそうだろうがよぉ！」

愛菜と亜里砂が舌戦を始めそうになる。

俺は慌てて間に割って入り、二人を落ち着かせた。

「これで残すは芽衣子だが……陽奈子と組むのが嫌なのか？」

陽奈子が今にも泣きそうな顔で芽衣子を見る。

俺を含む他の者も、芽衣子の心中が分からず不安だ。

そんな中、芽衣子は「別に嫌じゃないよ」ときっぱり。

「嫌じゃないけど、陽奈子もそろそろ大人になる時かなって。ここでの暮らしに随分と慣れてきたし、最近は私がいなくてもみんなと会話できるようになってきているでしょ？　だから、いつまでも私と一緒に行動させたくないの。それだけよ」

「なるほど」

陽奈子のことを考えての意見か。

愛菜や花梨が「優しいお姉ちゃんだなぁ」と感心する。

陽奈子はなんとも言えない表情をしていた。

「芽衣子には影山か花梨とペアを組んでもらおう。どっちがいい？」

「影山君でお願い。陽奈子に篠宮君以外の男子と二人きりにさせるのはまだ早いと思うから」

芽衣子が「違う？」と陽奈子に尋ねる。

陽奈子はぶんぶんと首を横に振った。

「影山は芽衣子とペアで問題ないな？」

「大丈夫でやんす！」

「私も陽奈子ちゃんとペアでかまわないよ」と花梨。

「私も……です」

陽奈子も組み合わせに同意した。

「これで決定だな」

「よっしゃー！　今すぐ引き抜きに行くぞー！」

亜里砂がやる気に満ちた声を上げる。

それに他のみんなも続くが――。

「いや」

――と、俺は待ったをかけた。

「その前に必要な物がある」

「必要な物ってなんぞい？」

「この場にいる女子全員の鞄に入っているアレを使おう」

「アレって何でやんす？」

「女子に共通している物といえば化粧品でござるよ」

田中がドヤ顔で言う。

女性陣と影山が「おー」と納得する。

「化粧をして変装をするとか？」と愛菜。

「最近の化粧はすごいでござるからな。別人になれるでござるよ」

「変装とは燃えるでやんす！」

「特殊メイクじゃないいんだからそこまでは変われないよ」と絵里は苦笑い。

「盛り上がっているところ悪いが――」

俺は笑いながら否定した。

「残念だが化粧品じゃない」

「じゃあなんだって言うんだぁ!?」

亜里砂が叫ぶ。

焦らすことでもないので答えを言う。

「マスクだよ」

「「「「あっ」」」」

女性陣が気づく。たしかに全員がマスクを所持しているな、と。

彼女らがマスクを持っているのは感染症予防の為……ではない。化粧の手間を省けるだとか、小顔に見えるだとか、そういう理由だ。自撮り棒と同じで必須アイテムになっている。

「敵地には風邪が蔓延していると考えるのが妥当だ。引き抜く相手にしたって、引き抜いた瞬間は元気でも、アジトに戻ってから発熱するかもしれない。そうした事態に備え、マスクを装備して過ごすわけだ。別の作業に従事する愛菜も、念の為にマスクを着けておけよ」

こうして、俺達は全員がマスクを装備した。

(マスクって本当にチートだよなぁ……)

マスクを装着することで容姿レベルがアップする。

俺達のような残念な野郎連中でさえ目に見えて効果があるくらいだ。容姿に秀でたウチの女性陣が装備すると、それはもうやばい。反則だ。

「篠宮君って、マスクをするとますますイケメンになるね」

芽衣子がマジマジと俺を見てくる。

その隣では、陽奈子が何度も激しく頷いていた。

「ますますっていうけど、元はイケメンじゃないだろ」

「そう？　私はいい感じだと思うけど」

「芽衣子に同じく。優しい系のイケメンって感じ」と花梨。

「あーそれ分かる！　爽やか系とはちょっと違うよね」

愛菜も同意する。

「初めて言われたよ。それより、準備が済んだので出発しよう」

俺は洞窟の外を指し、号令を下した。

「引き抜き作戦の始まりだ！」

【引き抜き大作戦】

食糧調達を愛菜に任せ、残りのメンバーで引き抜きに繰り出す。

「ここから先はペアで行動しよう」

「「了解！」」

朝倉洞窟から二人一組に分かれる。

俺と絵里は西側……イノシシやウサギの棲息地から迂回していく。

「火影君、気にならないの？」

無言で歩いていると絵里が話しかけてきた。

「何のこと？」

「私が田中君とのペアを拒んだこと」

「別に」

俺はさらりと言った。

「何か理由があるんだろうけど、トラブルが起きているわけでもないし」

「そこは気になってほしかったなぁ」

どうやら絵里は、俺に詳しく訊いてほしいようだ。

俺は「やれやれ」と呆れ笑いを浮かべた。

「言いたいなら話せばいいだろうに……で、どうしてだ？」

「優しいね」

絵里は「あはは」と笑うと、真剣な表情で続けた。

「自惚れじゃないと思うんだけど、田中君って私に気があるでしょ？」

「自惚れじゃないさ。どう見てもアイツは絵里に惚れている」

「でもね、私はそういう気ないの。田中君のこと、友達や仲間としては好きなんだけど、彼が私に抱いているような、恋愛感情としての好きって気持ちは一切ない」

だろうな、と相槌を打つ。

「田中以外はそのことに気付いていると思うよ」

「日本にいる頃だったら迷わずに伝えていたと思う。悪いけど恋愛対象として見ることはできないって。でも、この世界でそれをしていいのか分からないの」

「どうして？」

今度は自分の意思で尋ねた。

「だって、この件がきっかけで雰囲気が悪くなるかもしれないじゃん。そうなったら島での生活に支障を来すでしょ？」

「そういうことか」

理由が分かった。

彼女はチームのことを考えているのだ。自分が田中を振ることで悪影響を及ぼさないかを懸念している。そこまで気が回るのは流石だと思う。

「絵里が田中を振ることで、田中が絵里を嫌いになるかもしれない」

「それはかまわないの。ただ、他のみんなに対して――」

「分かっているさ。それでも俺は、はっきり振るべきだと思う」

これは俺の意見だが、と前置きしてから続ける。

「俺が田中の立場ならはっきり言ってくれたほうが嬉しい。そうでなかったら、俺や田中みたいな陰キャラって勝手に希望を抱き続けるからさ。頑張ればいつか上手くいくんじゃないかって。田中の行動さ、傍から見れば『なんで可能性がないって気付かないんだよ』って言いたくなるだろ？　でも、本人からすると分からないものなんだ。だから、可能性が欠片もないのなら、なるべく早くそう言ってほしい。あくまで俺の意見だけどね」

「でも、それでチームの空気が悪くなるかもしれないよ？」

「かまわないさ。そうなったらその時だ。仕方がないよ。今のまま事なかれ主義で続ける方がよほどタチが悪い。こういう環境だからこそ、白か黒かを明確にしておくほうがいいんじゃないかな。特にこの手の問題は、長引く程にダメージが大きくなるからね」

「そっか」

絵里が俯く。

沈黙が場を支配する。

しばらくして、彼女は顔を上げた。

「火影君の言う通り、戻ったらきっぱり振ることにする」

「その方がいい。俺もそうだが、陰キャラってのは女にちょっと優しくされるだけで惚れてしまうものだ。田中も最初こそ深く傷つくだろうが、すぐに違う女に惚れるぜ、たぶん」

絵里が「あはは」と愉快げに笑った。

「田中君はそうかもしれないけど、火影君は陰キャラじゃないよね」

「まごうことなき陰キャラさ。学校での俺なんてやばかっただろ」

「そうかなぁ。ただ話しかけにくい雰囲気が漂っていただけだよ」

「俺の評価は滅茶苦茶だな。さっきは優しい系のイケメンとか言われていたのに、今度は話しかけにくいって」

絵里はまたしても「あはは」と笑う。先ほどよりも笑い声が大きい。

「ありがとう、火影君。おかげで心が晴れたよ」

「お礼を期待しているよ」

絵里の顔に向いていた俺の視線が、彼女の胸に移動する。

当然、絵里はそれに気づいた。

「いいけど、私のことも気持ち良くしてよ?」

「分かっているさ」

絵里が腕を組んでくる。

しかし次の瞬間、俺は慌てて離れた。

「どうしたの!?」

驚く絵里。

俺は「静かに」と指を立てた。

「誰かいるぞ」

遠目に見える木の陰に、薄らと人間の姿を捉えたのだ。

女と思しき人間が二人いたように見えた。正確なことは分からない。脱走者なのか、それとも皇城チームの作業員なのか。

「どうする？　声を掛ける？」

絵里が尋ねてくる。

「難しいな……」

声を掛けていい相手かどうかが分からない。

俺は脳内で適切な対応を検討した。

「よし、俺が一人で行こう」

「一人で？」

「相手の詳細が分からないからな。絵里は少し離れたところで様子を見ていてくれ。もし俺の身に危険が及ぶようなことがあったら、速やかにこの場を離脱して愛菜に伝えるんだ。そうすれば猿を通じて他の仲間に情報が届く」

「分かった」

絵里をその場に待機させ、俺は一人で歩き出した。

(気配が一つしかない……？　さっきは二人いたはずだが……？)

前方に太くて大きな木が見える。その後ろに誰かが隠れていることは間違いない。近づけば近づくほどに気配を感じる。動物とは違う人間特有のもの。

しかしその気配は一人分であり、もう一人は分からなかった。

遠目に捉えた時は二人いたはずだ。性別はおそらく女だと思われるが、その点は自信がない。だが数は二人で間違いない。三人以上の可能性はあっても、一人というのは考えられない。だとすれば、もう一人はどこへ。

とりあえず接触してみるしかない。そう思って前方の木へ歩を進めた時。

「動くな」

突然、背後から誰かに組み付かれた。左手で胸元を押さえつけられ、右手の爪を首筋に当てられている。あまりに一瞬のことだった。

「お前、皇城白夜のグループにはいなかったな？　何者だ？」

俺に組み付いた者が言う。女の声だ。

俺は軽く混乱していた。一切の油断をしていなかったのに、気がつくと背後に女がいたのだ。前方の木にも変わらず人の気配があることから、後ろの女が二人目と考えて間違いない。

(この女、只者じゃないぞ……)

予想外の事態だ。

だが、絶望的な状況ではない。女から発せられた「皇城白夜のグループにはいなかったな」という言葉から、ある程度の推測をすることができた。

だから焦らず冷静に答える。

「俺は篠宮火影。皇城チームとは関係ない。あんたらに敵意もない」

「その証拠は？」

「敵意があれば今頃はあんたを刺しているさ」

「――――！」

女が気づく。俺が密かにサバイバルナイフを抜いていたことに。

右手で逆手に持ったナイフの刃が、女の太ももを睨んでいた。

「…………」

女はしばらく何も言わずに固まる。

早く次のアクションを起こしてもらわないとまずい。

絵里が勘違いして救援を呼びに行ってしまう。

「この者、皇城白夜の手先ではないようですし、言っていることも本当です。戦闘技術は拙いですが信用できるかと」

女が言った。

俺に対してではない。木の後ろに隠れている人間に対してだ。

「分かりましたわ」

言葉が返ってくる。こちらも女の声。

「天音《あまね》、貴方が言うのであれば間違いないでしょう」

木に隠れていた女が姿を現した。

ハリウッドスターのようなブロンドのカールヘアだ。背はそれほど高くなく、海のような青い瞳をしている。端正な顔立ちをしていて、一目でハーフだと分かった。

俺はこの女を知っている。というより、同じ学校の生徒であれば、おそらく全員が知っているだろう。皇城兄弟と並んで学校の有名人だから。

彼女の名は――。

「突然の無礼をお許しくださいな。私達も生きるのに必死でして。私の名は鷲嶺《わしみね》・ソフィア・麗奈《れいな》。ソフィアとお呼びくださいませ」

――鷲嶺・ソフィア・麗奈。

皇城グループを超える世界最大企業マイクロンソフトの令嬢様だ。父親は世界長者番付の常連ヒル・ヘイツ。世界の裏の支配者とも言われている。

「天音、離して結構ですよ」

「かしこまりました、お嬢様」

天音が左腕の力を緩める。だが、完全に離すよりも前に、俺の耳元で囁いた。

「ナイフで威嚇する時はもう少し殺意を出さないと信用されないぞ」

その言葉が脳内に届くと同時に、俺の手からナイフが消えていた。天音と呼ばれた女が、こ

ちらの理解が及ばぬ動きで取り上げたのだ。

(この女……最初からナイフに気づいていやがったな)

天音の動きを見て確信した。彼女は明らかに戦闘のプロだ。次元が違う。

「紹介しますわ。こちらは私の付き人を務める鬼龍院《きりゅういん》天音です」

天音は素っ気なく「よろしく」と言い、俺にナイフを返してきた。

ソフィアと違って、天音は生粋の日本人のようだ。黒のストレートヘアもそう物語っている。

改めて顔を見て、とんでもなく鋭い眼光に怯みかけた。

(この二人……)

ソフィアと天音は、どちらも雨に打たれた形跡がなかった。それどころか、二人の着ている制服は大して汚れていない。

「それで篠宮様、私達に何か御用かしら?」

ソフィアが本題に入る。

彼女の目は真っ直ぐに俺を見ていた。

隣に立っている天音も、俺の一挙手一投足を見逃さない。下手な動きをすれば冗談抜きで殺されそうな気配があった。

「その前に仲間を呼んでいいか？　あんたなら気づいていると思うが、後ろには俺の仲間が待機している。数は一人だ。このままだと誤解して援軍を呼びに行ってしまう」

天音が「たしかに」と頷く。

「分かりました」

ソフィアが承諾したので、俺は絵里を呼んだ。

茂みに身を伏せていた絵里が小走りで横に来る。

「彼女は仲間の双川絵里。俺達のチームは、俺と絵里を含めて計九人のメンバーで構成されている。活動拠点はここよりずっと南だ。海の近くにある」

ソフィアが適当な相槌を打つ。

天音は何も言わない。

どちらも俺が本題に入るのを待っているのだろう。

こちらの情報を明かしたところで、俺は用件を切り出した。

「俺達は皇城チームのメンバーを引き抜こうと動いている。連中の動向は把握済みだ。この雨で誰かしらを引き抜いて戦力にできるのではないかと考えている。そこで提案なんだが、二人もチームに加わってくれないか？」

ソフィアは話が分かる、と俺は睨んでいた。

こちらがアレコレ売り込むまでもなく、脳内で勝手にそろばんを弾くタイプだ。だから直球でいい。むしろ下手な変化球は逆効果。

まともな考えをしているのであれば、こちらの提案は受けるはずだ。

仮に俺達のチームが合わなかった場合は脱退すればいいだけだから。脱退に際して何かしらの問題が起きたとしても、天音に対処させれば済む話。

——という俺の予想は当たっていた。

「分かりました。貴方達のチームに加わりましょう」

ソフィアは迷うことなく快諾した。

【新たなメンバー】

ソフィアと天音を連れてアジトへ戻ることにした。

二人を引き連れたまま引き抜き活動を続けるのは、二人に対してどうかと思う。まずは俺達のアジトや仲間を確かめてもらうのが先だ。

「ほう、二人は脱走ではなく正規に脱退してきたのか」

「私達はこそこそと逃げる必要がありませんから」

アジトへ向かう道中、ソフィアから簡単に話を伺った。

それによると、二人の初期地点は皇城チームの丘よりも更に北側とのこと。教師チームに加わった後、そのまま流れで皇城チームに合流した。

皇城チームでの階級はどちらも一位。

一位は原則として白夜のお気に入りが選ばれる。言い換えると白夜専用のご奉仕係というわけだ。ただしこれは原則としての話であり、二人は例外だった。

白夜ですら二人に手を出すことはできなかったのだ。

その理由が天音の存在である。常にソフィアの傍で眼光を光らせている彼女は、俺の思った通り戦闘のプロだった。それも格闘技の戦闘ではなく、殺し合いで使う類の戦闘技術に長けている。

白夜も格闘技の心得があるものの、所詮は競技としてのもの。歴史の知識だけではこの環境に適応できないのと同じで、実戦になれば白夜と言えども天音には敵わない。

また、白夜には護身用の銃があるけれど、これも脅しにはならなかった。ソフィアも護身用の銃を持っているからだ。そしてそれは今、天音が所持している。仮に白夜が銃を使おうものなら、構える前に天音が射殺するだろう。

故に、皇城チームにおける二人の扱いは特殊だった。まさに聖域だ。

そんな二人がチームの脱退を決意したのは、やはり雨が理由だった。

雨は誰にでも想定できること。しかし白夜は、いつまで経っても対策をとろうとしなかった。その結果、大半が雨ざらしとなった。これが決定打となり、かねてより彼の資質に疑問を抱いていたソフィアは脱退を決意したわけだ。

白夜は二人の脱退を快諾した。彼にとって、ソフィアと天音は鬱陶しい存在だったのだろう。暴力で支配している白夜にとって、自分に服従しない者の存在など邪魔でしかない。目の上のたんこぶってやつだ。容易に想像できる。

「田中と影山もチームの一員か？」

尋ねてきたのは天音だ。

「知っているのか」

「彼らが脱走するのは見ていた」

「見逃してくれて助かったよ」

「監視は私の仕事とは違うからな」

天音の話し方は実に素っ気ない。そういう性格なのか、ソフィアの警護中だからなのかは分からない。

彼女のことで分かるのは、ソフィアの為なら躊躇なく人を殺せるということくらいだ。法のないこの場所でソフィアを犯そうものなら、次の瞬間には頸動脈を爪で貫かれているだろう。

「ようやく見えてきたぜ」

森を抜けて海にやってきた。

遠目に断崖が見えている。海蝕洞《アジト》の側面だ。

「あそこの崖が俺達のアジトだ」

「何もない崖に見えますが……？」

首を傾げるソフィア。

「ところがどっこい、海側から見ると洞窟になっている。海蝕洞《かいしょくどう》ってやつだ。俺達はその洞窟を『アジト』と呼んで根城にしている」

「どうして海蝕洞に拠点を移したのでして？」

ソフィアの目はアジトを捉えている。興味津々といった様子。

「皇城チームの急襲に備えてさ。アジトに移動した時は、まだ白夜に勢いがあったからな。勢力の拡大を目論んでもおかしくないし、そうなったら真っ先に狙われるのは俺達だ。ウチのメンバーは女子が多いし」

「それに白夜は愛菜に夢中だからね」と絵里が補足する。

「そういえばそうだったな」

前に聞いたことがある。

白夜は愛菜のことが好きで、執拗にアタックしていたらしい。振られても諦めず、それどころか逆に燃え上がり、いずれはモノにしてやると意気込んでいたそうだ。

「そういえば、皇城様が時折その名前を口にしていましたわね」

ソフィアが言う。話の流れ的に、皇城様とは白夜のことだろう。

「結果的に向こうはそれどころじゃなくなって今に至るけどね」

「つまり皇城様のチームと争いが起きぬよう、場所を移動したわけですね」

「そういうこと。戦いになったらおそらく俺達が負けるだろうし、仮に勝ったとしても双方に犠牲が出る。この原始的な世界で生きるのに、そういう不毛な争いはしたくなかったんだ」

「わぁ！　なんと素晴らしいお考え！」

ソフィアは声を弾ませ、手を叩いた。

「篠宮様のお誘いを受けて正解でしたわ！」

「そう言ってもらえて助かるよ」

そこで話を切り上げると、俺達はアジトへ向かった。

◇

アジトに着いたが誰もいなかった。

待っていれば戻ってくるだろう。そう判断して先に説明を行う。

アジト内の簡単な地形情報、俺達の活動内容、エトセトラ……。

それらの説明が終わろうとした頃から、ポツポツと帰還者が現れた。最初に花梨と陽奈子、次に芽衣子と影山、そして亜里砂と田中のペアだ。

俺達以外の三組も、それぞれ一人ずつ新顔を連れてきていた。全員男だ。

「うお!?　知らない人が増えてる！」

最後に戻ってきた愛菜が、計五人の新顔を見て驚いた。

「全員が集まったところで自己紹介タイムといこうか」

アジトに入ってすぐ――袋小路の窪みを過ぎたところで焚き火を作り、それを半円状に囲んだ。

まずは俺を筆頭に、古参の九人が名前や学年を言う。

それが終わると新人達の出番だ。

「私の名は鷺嶺・ソフィア・麗奈。二年生です。ソフィアとお呼びくださいませ」

最初にソフィアが挨拶する。

場がどよめいた。マイクロンソフトの令嬢様だよね、と。

「よろしくな、ソフィア。日本では雲の上の存在かもしれないが、ここでは平等に働いてもらう。かまわないよな？」

「もちろんでございますわ」

ソフィアは聡明な令嬢といった感じだ。駄々をこねることもなく、傲り高ぶることもない。それに所作の一つ一つが妙に優雅だ。そこら辺の成金とは明らかに格が違う。本物のお嬢様だ。

「私は鬼龍院天音。二年。ソフィア様の付き人だ。戦闘技術には自信がある。狩猟などで役に立てるだろう」

天音には誰も食いつかなかった。

興味がないのではない。むしろ興味はある。だが、彼女の醸し出すオーラに気圧されていた。誰の顔を見ても、「話しかけて大丈夫なのだろうか」と書いてある。

(俺も学校ではこんな風に見えていたわけか)

以前、俺は「学校だと話しかけにくい雰囲気だった」と言われたことがある。

今になってそれがどういう雰囲気だったのか分かった。天音は特に何か言っているわけでもないし、周囲を威圧しているわけでもないが、どういうわけか話しかけにくい。

「次は自分が」

三番手は筋骨隆々のムキムキマッチョマンだ。

身長は俺より少し大きいくらいだから一七五センチ前後だろう。にもかかわらず、俺よりも遥かに大きく見える。圧倒的な筋肉の賜物だろう。

「自分はマッスル高橋。同じく二年。全日本高校生ボディビルディング大会で総合六位の実績がありマッスル！　力仕事なら自分にお任せくださいマッスル！」

名乗ると同時に高橋が服を脱ぎだした。

なにをするのかと思いきや、ボディビルダーのポーズを決めだした。ポーズの名前は分からないが、いくつかの種類を披露している。ポーズを変えるごとに、彼は「マッスル！」と叫んでいた。意味が分からない。

「すげぇでしょ！　この筋肉！　マジヤバ！　私と田中が見つけたんだぜ！」

亜里砂がドヤ顔で言い放つ。

その言葉に合わせて、高橋が追いマッスルを披露した。

「それで高橋、下の名は？」

俺が尋ねると、高橋は――。

「マッスル！」

それを見た亜里砂がゲラゲラと笑う。

「あー、だめだめ。高橋は下の名を答えてくれないよ。たぶんマッスルが下の名前なんだよ。だよね？」

「その通りでマッスル！」

「ならマッスルか高橋って呼ぶよ……」

バキバキの筋肉を披露する高橋を見て苦笑い。

変な奴だが、悪い人間ではなさそうだ。

ちなみに、皇城チームにおける高橋の階級は三位。それでも脱走したのは、白夜の方針が気にくわなかったから。ソフィアと同じで、白夜の資質を疑問視しての脱走というわけだ。

「三位の脱走者とか他にいないっしょ!?」

亜里砂が勝ち誇ったかのように言う。

「それはどうかな」

芽衣子はニヤリと笑い、自分が連れてきた男子に手を向ける。

高橋には劣るものの、筋肉質で爽やかな男だ。

俺はその男を知っていた。一年か二年の時に同じクラスだったからだ。

「ウチの水野君も三位だったんだよね？」

芽衣子が自分達の勧誘した男に話を振る。

「いかにも」

水野は頷くと、立ち上がって自己紹介を始めた。

「俺は水野泳太郎《えいたろう》。三年。トライアスロン日本代表だ。海は任せてくれ」

水野も学校の有名人だ。皇城兄弟やソフィアとは違い、スポーツ部門における有名人。十八歳でありながら、日本の誰よりもトライアスロンの技術が高い。

トライアスロンとは、水泳・自転車・持久走の複合耐久競技のこと。

「水野殿は僕が発見したでやんす！」

「で、私が勧誘したの」

芽衣子と影山がハイタッチ。

変わった組み合わせだが、なかなか息が合っている。

「最後は私達がスカウトした吉岡田《よしおかだ》君ね」

花梨が言う。

俺達の頭上に疑問符が浮かんだ。

「吉岡？」「岡田？」

その反応には慣れているようだ。

吉岡田は気にすることなく自己紹介を始めた。

「吉岡田友則《とものり》。二年。第四級アマチュア無線技士の資格を持っています。モールス信号を暗記しているので暗号通信も可能です、どうぞ」

吉岡田は新顔の男子二人とは体つきが異なっている。田中や影山と同じヒョロガリスタイルだ。特徴的なのは髪型で、爆発したような天然パーマである。

「吉岡田は何位だったんだ？　皇城チームの階級」

「五位です、どうぞ」

「その最後に付ける『どうぞ』というのは？」

「話し終えたことを意味しています。他にも『オーバー』と言うこともあります、どうぞ」

「そ、そうか……」

これまた妙に癖のある人間だ。

「とにかく、これで全員の自己紹介が終わったな」

俺は新顔の顔を順番に見渡した。

見た目で判断した場合、一番の無能は吉岡田だろう。皇城チームで五位だったという点からも無能臭が漂っている。

だが人は見かけによらない。影山がそうであったように、思わぬ特技を持っている可能性もある。

「まさかこうも計画通りに仲間が集まるとはな。今後が楽しみだ」

もう少し多くても良かったが、五人でも申し分ない数と言える。

「引き抜き大作戦の成功を祝して、今日はパーティーといくか！」

「「「「おおー！」」」」

作業は明日から始めるとして、今日は新人の歓迎会を楽しむことにした。

【水野の恩返し】

「なんという料理のバリエーション……！」

「凄すぎマッスル！」

「備蓄も大量で、更に石器や土器まであって次元が違います、どうぞ」

「それに加えてお風呂や石鹸まで作っていらっしゃるとは……恐れ入りましたわ」

「着替えの服も十分にある。篠宮火影、お前は実に凄いリーダーだ」

新顔の五人は、アジトの環境に感動していた。

それを見た俺は思った。

(そりゃそうだよな)

皇城チームの環境とは雲泥の差。快適さのレベルが段違いだ。

全く進歩していない皇城チームと日進月歩の我がチーム。その二つを比較したら感動して当然だった。

「天音には助かったよ。バレているとは知らなかった」

「私の使命はお嬢様により良い環境を提供すること。だから見逃していたに過ぎない。謝意は不要だ」

ソフィアの護衛を務める天音は、俺達の偵察に気づいていた。具体的な日時や偵察していた場所を言い当てられたから間違いない。

それでも天音が白夜に報告しなかったのは、天秤にかけていたから。こちらの環境と白夜の環境、どちらがソフィアにとって良いのかを。いずれ俺達のチームに入る日がくるかも知れない、と彼女は睨んでいたのだ。

天音が白夜に報告していたら俺達は詰んでいた。激昂した白夜は俺達のアジトへ総攻撃を仕掛けていただろう。俺達は知らないところで危機に陥り、知らないところでそれを回避していたわけだ。

天音の話によって分かったことが他にもある。

特別な理由がない限り、皇城チームが南下してこちらへ来る恐れはない、ということ。北にはたくさんの洞窟があり、動物の数も多いからだ。もしも拠点を移すのであれば、現在拠点にしている丘よりも北へ移動するに違いないとのこと。

一方、丘の南側は洞窟が少ない。皇城チームが知っている洞窟は朝倉洞窟と篠宮洞窟だけで、最高の広さを誇る海蝕洞《アジト》のことは知らなかった。それに動物の数だって少ない。南下するメリットがなかった。

今の皇城チームは丘より北側で活動をすることが多いそうだ。朝倉洞窟の周辺に連中の足跡が乏しいのもそのせいだろう。

◇

――翌日。

この世界に来て二十五日目。八月十二日、月曜日。

朝食後、アジトにて。

「今日はみんなの能力を調べさせてもらう」

最初にするのは新顔の能力測定だ。田中や影山の時と同じである。

現時点で分かっているのは、天音の飛び抜けた戦闘技術のみ。あとはマッスル高橋が筋肉に満ちているということくらいか。

俺が求めているのはゼネラリスト——つまり万能型だ。

もちろん一つのことを極めたスペシャリストもありがたいけれど、望ましいのは総合的な能力。幅広く作業をこなせるほうがサバイバル生活では大事なのだ。全員が自分一人でも生き抜けるだけの能力を有していることこそ理想的。

「まずはきりもみ式とまいぎり式による火熾し。次に青銅及び土器の製作。最後に川や森に仕掛ける罠のことを教える。ここで生活する以上、最低限の知識としてそれらは身に着けてもらう」

これに対して誰も異論は唱えない——はずだった。

「待ってくれ」

新顔の一人が手を挙げた。

水野だ。

「どうした？」

「俺だけ別の任務を与えてくれないか？」

皆が驚く。

俺も、何を言い出すのだこいつは、と思った。

「どういうことだ？」

「昨日の歓迎会で篠宮は言っていたよな。『目下の目標は全員が乗れるような大型船を造って海の向こうにある島へ行くこと』って」

「ああ、その通りだ」

たしかに言った。

この世界に来た日に確認した海の向こうの島。そこへ行くのが我がチームの目標だ。

島に何があるかは分からない。もしかしたら島へ行ったことで後悔するかもしれない。その可能性は大きいだろう。

それでも俺達は島を目指している。現実世界へ戻る為の手がかりを掴めるかもしれないから。

「まぁ、大型船を造るのがいつになるかは分からないけどな」

ゆくゆくは大型船を造りたいと考えている。小型船では駄目だ。島からある程度の距離に達すると海が荒れるから。数日に分けて確かめた結果、常に同じような距離でそうなった。

具体的には、この島と向こうの島の中間点。最初に海が荒れ、それでも進もうとしたら天気も荒れる。複数の角度から試みたが、結果は変わらなかった。

だから、荒波を乗り切れるだけの船がいる。小舟では転覆するので駄目だ。海賊漫画で登場しそうな帆船が望ましい。

「それを聞いて俺は思ったんだ。あまりにもリスクが高すぎる」

「リスクは承知しているが、それでも行くって決めたからな」

「向こうの島を目指すこと自体は俺も賛成なんだよ、篠宮」

「水野、お前はなにが言いたいんだ？」

水野が真っ直ぐに俺を見る。

「最初に篠宮がそうしたように、まずは向こうの島を偵察できるのが一番だと思う。何があるかわからないからな。でも、海が荒れるってことで、篠宮は偵察を断念したわけだろ？」

「そうだ。向こうの島に上陸するかは不明だったが、もう少し近づければいいなと思っていた。だが、とてもではないがウチの小舟では無理があった」

「だからさ、俺が泳いでいって確かめてくるよ、向こうの島」

「「「────！」」」

全員に衝撃が走った。

表情の乏しい天音ですら驚いている。

「無茶を言うな。この周辺と違ってかなり荒れるぞ」

「問題ない」

水野の目は自信に満ちている。伊達や酔狂で言っているわけではないようだ。

「知っていると思うが、俺はトライアスロンの日本代表だ。トライアスロンで泳ぐのは海。普通の水泳と違って、時には荒波を泳ぎ切る必要がある。俺達プロの選手は、サーファーがビビって逃げるような波すらこの身一つで突破してきた」

水野の視線が天音に向かう。

「あんたなら分かるんじゃないか？」

天音が頷く。

「荒波を泳ぐという技術だけを見るなら、たしかにトライアスロンの選手より優秀な者はいないだろう。自然の海に対する単純な水泳能力だけで言えば、トライアスロンの選手はネイビーシールズよりも優れている」

「そういうことだ。だから問題ない。俺が向こうの島を偵察してこよう。それに俺は、青銅や土器の製作こそ分からないが、他のことは一通り出来る。まいぎり式も、きりもみ式も、なんだったら弓切り式の火熾しだって分かるし、実際にやった経験もある。篠宮に比べたら雑魚だが、俺もサバイバルが好きでな。多少の知識はあるんだ」

これは思わぬ申し出だった。

水野が向こうの島を偵察してくれたら、未知のリスクが大きく軽減されることは確実。通常であれば、手放しで「ありがとう、頼むよ」と声を弾ませたくなる。ゲームならばそうしていただろう。しかしこれは現実だ。現実だからこそ頭を抱えてしまう。

俺がどうして悩むのか、水野は分かっていた。

「篠宮、お前は俺の身を案じてくれているのだろう。だが、それは遅かれ早かれ訪れる悩みだ。帆船を作って向こうの島を目指すとなれば、俺だけでなく他のメンバーにも危険が及ぶ。初っ端から全員を危険にさらすより、まずは一人だけ偵察に送るほうが賢い選択だろ。違うか？」

水野の言い分はもっともだった。

だから俺は「それはそうだが」としか言えない。

他のメンバーは何も言わなかった。俺に判断を委ねるつもりのようだ。

「昨日だけで分かった。篠宮、お前はすげぇよ。この世界に来て一ヶ月も経っていないのにここまでの拠点を作り上げた。常人の成せる技じゃない。それだけでも脱帽ものだが、なにより人格だって優れている。白夜とは大違いだ。だから俺は、最大限の力で恩返しをしたい」

水野が熱弁する。

「俺を偵察へ行かせてくれ、篠宮。俺が向こうの島まで一泳ぎして状況を確認してくる。俺が帰還すればそれだけで安全を証明できるし、逆に帰還しなければ何かしらの危険があると分かるだろう。何も全員でリスクを負うことはない」

水野の力強い言葉で決心した。

「分かった」

俺は水野の提案を受け入れる。

「水野、偵察任務はお前に任せる。何か必要な物はあるか？」

「数日分の保存食。それと、篠宮の持っている浄水ボトルを譲ってくれないか？　一本だけでいい」

「オーケー」

予定変更だ。

本日の作業へ取りかかる前に、水野の支度を手伝う。

「保存食の量はそれで問題ないか？」

俺は保存食の入った漆器の箱を水野に渡す。

水野は箱の中を確認して「十分だ」と微笑んだ。

「あとはこの浄水ボトルで準備完了だな」

「助かるよ、篠宮」

「それはこちらのセリフさ。すまないな」

「気にするな、俺が申し出たことだ。むしろワガママを言ってすまない」

水野は自分の学生鞄に漆器の箱と浄水ボトルを入れる。既に入っていた私物の大半はアジトに残していく。彼が持っていく私物は水泳ゴーグルと防水仕様のスマホだけだ。もっとも、他の私物といえば、教科書と空の弁当箱、それに壊れたヘッドホンくらいなものだが。

「残していく私物は勝手に使ってくれ。不要なら捨ててくれてもいい」

「捨てはしないけど、使えそうな物は特にないから、適当に保管しておくよ」

「ありがとう」

水野がゴーグルを装着する。

「海を往復するのに二日。向こうの様子を調査するのに数日。状況にもよるが、帰還は一週間から二週間を目安に見ておいてくれ。もし二週間経っても戻らなかったら、その時は計画の見直しを」

「分かった」

「では行ってくる」

水野はアジトの外へダッシュし、海に向かって飛び込んだ。

【不機嫌の理由】

水野を見送った後、予定していた能力測定を始めた。

まずは火熾し。

まいぎり式ときりもみ式を教えて、実際に火熾しをさせてみる。難易度の低いまいぎり式から始めて、それが終わったらきりもみ式だ。火熾しは基本中の基本なので外せない。

「マッスル！」

「おー、高橋君が一番乗りとは驚いたね」

「絵里さんありがとマッスル！」

火熾しでは、意外にもマッスル高橋が優秀だった。

流石は皇城チームの階級制度で三位だった男。筋肉だけではないようだ。

「火が点きましたわ！」

高橋から少し遅れてソフィアもクリア。

ソフィアの火熾しは変わっていて、まいぎり式の時点では誰よりも遅かった。一方、きりもみ式は誰よりも早く済ませていた。まいぎり式の道具が肌に合わなかったのかもしれない。

「これで残すは天音と吉岡田か」

「意外な組み合わせね」と花梨が呟く。

俺達はそれに同意した。

「吉岡田は五位だったから納得だが……」

意外なのは天音だ。

勝手な偏見で、天音が誰よりも優秀だと思っていた。まいぎり式もきりもみ式も、天音にかかれば一分足らずの作業で済むのではないか、と。

ところが実際はそんなことなくて、天音には火熾しの技能が皆無だった。

「ゲリラ戦の訓練で火の熾し方とか習いそうなイメージだが」

俺の言葉に、「たしかに習ったが」と天音が反応する。

「私はどうも戦闘技術以外は不出来でな。それより気が散るから黙れ」

天音は目に見えてイライラしていた。

歯を食いしばり、必死になって木の棒を動かしている。しかし棒の先端から火が熾きる気配は感じられない。時折ふーふーと息を吹き込むも効果はなかった。

「これまで火熾しは私が担当しておりましたから」

ソフィアが言う。

「ソフィアが火熾しをしていたのか？　きりもみ式で？」

「そうですわ」

「なるほど、それできりもみ式の火熾しが得意なわけか」

「ライターは使わなかったの？」と花梨が尋ねる。

「ライタァ？　そんなんあるわけないっしょ！」と亜里砂。

「あるでござるよ。拙者らが脱走した頃、白夜殿はライターで火を点けていたでござる」

田中が答えた。

「まじかよ。ずっりぃ！」

「たしかにライターはありますが、最近は非常時を除いて使わない決まりになっていますわ」

「なるほど。一応、白夜も少しは考えているわけか」

「点きました、どうぞ！」

話している間に三着が決まった。

なんと吉岡田だ。

本人はえらく嬉しそうにしているが、お世辞にも早いとは言えなかった。現状では田中や影山よりも遥かに遅い。とはいえ、同じ五位の田中達に比べると、初っ端から火を熾せただけマシだ。田中と影山は長らく苦労していた。

「そこまで。吉岡田と天音はもっと精進が必要だな。今後は夕食の後に一時間の練習をしてもらう」

「不覚だが致し方あるまい」

天音は悔しそうに舌打ちした。

◇

その後も能力測定は順調に進み、問題なく終わった。

これで四人の能力が把握できた。

マッスル高橋は総合的に能力が高い。

見かけに反して手先が器用で、火熾しと罠の製作は完璧だ。一方で、同じような作業を延々とするのは苦手な模様。持久力に欠けている。つまり田中が得意としている単調作業には向いていない。また、手先が器用であるにもかかわらず、土器や青銅器を作るのは苦手だった。やはり、ずば抜けた筋肉を活かせる作業が向いていそう。

高橋よりも万能型なのがソフィアだ。

彼女は突出している能力がない反面、全ての作業において及第点だった。俺が理想とするゼネラリストタイプの典型だ。日本にいた頃は様々な本を読んでいたらしいので、そこで得た知識が下支えになっているのかもしれない。

この二人が優秀な一方、残りの二人は残念だった。

特に酷いのが吉岡田。

まるで最初の頃の田中を見ているようだった。何をしても不出来な挙げ句、これといった特技が見当たらない。田中も「まるで拙者のようでござる」と吉岡田を評していた。最も苦労させられそうだ。

そして天音。

能力測定の結果自体は吉岡田よりも悪かった。本当に戦闘以外の取り柄がないようで、何をしても出来が悪い。火熾しは余裕の論外だし、手芸をはじめとする生産系の作業も駄目。驚くことに罠を作るのも下手だった。

それでも、吉岡田に比べると天音は遥かに優秀だ。

なぜなら彼女には、皇城白夜ですら恐れおののく戦闘技術がある。それだけで全ての欠点を補っても余りあるくらいだ。比類無きスペシャリストタイプ。

そしてこの戦闘技術は、普段の作業にも応用できる。例えば狩猟をする場合、彼女は罠を張る必要がない。動物の動きを先読みして回り込み、軽やかに仕留めるからだ。だから罠を作るのが下手でも結果は大差ない。

天音の実質的な課題は火熾しだけだ。

◇

夕食時、アジトにて。

「篠宮殿、吉岡田殿のことは拙者に任せてほしいでござる」

田中が吉岡田の教育係に志願してきた。

「ほう、田中が教えるのか」

「拙者も随分と成長したでござるからな。そろそろ教える側に回っても良い頃でござろう。それに吉岡田殿は拙者と同じタイプでござる。上手く教えられる気がするでござるよ」

なるほどな、と納得。

「花梨にマンツーマンのレッスンを頼む予定だったが、そういうことであれば田中に任せてみるか」

「自分、花梨お姉様がいいであります、どうぞ」

吉岡田がピンッと右手を挙げる。

あえて「花梨お姉様」と表現するあたり、彼にとっては冗談のつもりなのだろう。だが残念なことに、この場にいる者のツボには入らなかったようだ。俺を含めて誰も笑わなかった。

「そういう贅沢は最低限の仕事ができるようになってから言おうね」

芽衣子が冷たい口調で言い放つ。とんでもない火の玉ストレートだ。

愛菜と亜里砂が「うわぁ」と苦笑い。

俺も「せめてもう少し優しく言ってやれよ」と思った。

（それにしても芽衣子の奴、妙にトゲトゲしいな……）

今日の芽衣子はいつも以上に静かだった。そして、口を開いたかと思えば、今のような火の玉ストレートが飛び出す。どことなく雰囲気もピリピリしている。能力測定の時も、彼女が口を開く度に気まずい空気が流れていた。

「芽衣子、体調が悪いのか？」

気になったので尋ねてみた。

彼女が不機嫌なのは誰の目にも明らかだ。何かしらの理由があるはず。

「別に」

芽衣子の返事は素っ気ない。

「芽衣子って重いほうなんだなぁ！」

亜里砂が笑い飛ばすように言った。どうやら彼女には分かるようだ。芽衣子がどうして不機嫌なのか。

「亜里砂、男子の前でよしてくれる？」

愛菜がわりと真剣《ガチ》なトーンで言う。こちらも芽衣子が不機嫌な理由を分かっている様子。

「それに今は食事中よ」

絵里も不快そうに言い放った。

「なんだなんだ？　どういうことだ？」

俺には意味が分からなかった。いや、俺だけでない。他の男子も理解できていない。この場にいる全ての男子が首を傾げている。

一方で、女子達は芽衣子が不機嫌な理由に心当たりがあるようだ。

「今は食事を楽しもうよ。後で私が教えてあげるから」

場をまとめたのは花梨だ。

「そ、そうだな」

俺は頷くと、絵里の作ったご馳走を堪能した。

◇

「火影、こっちに来て」

食事の後、花梨が俺を呼んだ。

「後片付けは拙者が担当するでござるよ！」

「いや、田中君は私と来てもらえる？　話したいことがあるから」

田中に声を掛けたのは絵里だ。

「絵里殿が拙者に!?　もちろん従うでござる！」

田中はウキウキで絵里に追従し、アジトの奥へ消えていく。

絵里が田中を呼んだ理由は分かっている。お前に恋愛感情を抱くことはないからな、と田中を振るためだ。

「後片付けは僕が引き継ぎます、どうぞ」

「自分も手伝うでマッスル！」

「僕もでやんすー」

他の男子は率先して食事の後片付けを行う。彼らの献身的な働きは、地味ながら島での生活を快適にしてくれている。

「私は寝るね」

不機嫌の張本人である芽衣子はそそくさと就寝。どうやら風呂にも入らないようだ。

「あたし達はお風呂だね」

愛菜は残った女子を連れて湖へ。

俺と花梨は人のいない場所へ移動する。

「この辺でいいかな」

花梨が足を止めた。周囲には何もない。薄暗い場所だ。風呂のある湖や男子達のいる入口付近からは距離がある。ここなら他人に話を聞かれる心配はない。

こういうシチュエーションだと、いつもならイチャラブが始まる。キスをして、互いに服を脱いで弄り合い、快楽に浸るだろう。しかし今回は違った。

「芽衣子のことだけどね」

花梨が本題に入る。

「どう見ても不機嫌だったけど、何かあったのか？」

「何もないわけじゃないけど、誰かが何かしたってのも違うよ」

「じゃあ、どういうこと？　なんであんなに怒っているんだ？」

頭上に疑問符を浮かべまくる俺。

花梨が覗き込むように俺を見て言った。

「生理なのよ」

「えっ？」

驚きから固まった後、俺は「あっ」と呟く。

理解するのに時間を要した。

「芽衣子だけじゃない、私や他の女子もそうだけど、女には生理がある。生理が何かは分かるよね？」

「ある程度は。詳しくは知らないが、とにかくしんどくなるんだよな？」

「うん」

花梨が頷く。

「しんどくなる度合いは個人差があるけどね。私や絵里は軽い方だから、生理になっても大して変わらない。愛菜はそこそこ重いけど、生理ってバレるのを嫌ってるから無理して平気な振りをするタイプ。後の人は分からないけど、たぶんソフィアはそれほど重くないと思う。天音はソフィアの警護をしているし、愛菜と一緒で重くても隠すタイプかな」

これは大きな見落としだ。

男にはないものだから、生理のことを完全に失念していた。

「生理の時は休ませてほしいってのが女の本音。でも、生理だって男に言うのは恥ずかしい。それにこの世界だと休みも申し出にくいし」

「たしかに……俺の配慮不足だった、すまん」

「ううん、火影は悪くないよ。これは女にしか分からないから。だから、今後は誰かが生理の時はそれとなく伝えるようにするね。よほど差し迫った状況でない限り、その時は軽めの作業を割り当てるとか、適当に配慮してもらえると嬉しいかも」

「もちろんそうさせてもらう」

「休みたい時は勝手に休んでくれていいって方針なのにごめんね」

「そんなことない。助かるよ」

花梨の気配りには痛み入る。流石に「今日は生理か？」とか「次の生理はいつだ？」なんて女子に訊くわけにもいかないからな。

「ありがとう」

そう言って微笑むと、花梨はチラチラと周囲を確認し始めた。

「近くに誰もいないよね？」

「そう思うけど」

「なら……」

花梨の手が俺の股間に伸びてくる。

「折角だし、抜いていく？」

上目遣いで俺を見て、舌を舐めずる花梨。

「おいおい、俺はたった今、生理について学んだところだぜ？」

「じゃあ、何もしないで戻る？」

生理という新たな概念を知ったことで、俺はリーダーとして成長したばかり。そんな状況で「抜いていく？」と言われてもその気にならない。いくら男子高校生だからといって、いつでも性欲のスイッチがオンというわけではないのだ。――とはならなかった。

「いえ、口の中にたっぷり出させてほしいです」

「ふふっ、いいよ」

俺は花梨の言葉に甘え、彼女に気持ち良くしてもらうのだった。

【天音の忠義】

夜になっても水野は戻らなかった。

今日発ったばかりなので当然ではあるのだが、それでも彼の安否が気になって仕方がない。確認する手段がないのは辛いところだ。此処が日本であれば何かしらの方法があるというのに。

水野が無事に泳ぎ切っているかどうか、それは神のみぞ知る。


――二十六日目。八月十三日、火曜日。

この日の朝はいつもと違っていた。

朝食時、いつもなら「絵里殿の作る朝食を食べられるなんて拙者は幸せでござるなぁ！　グフフフ！　グフフフフ！」などと一人で騒がしかった田中が大人しくしているのだ。

今朝の彼は黙々と静かに食べている。俯いた状態で淡々と。まるで魂が抜けてしまったかのようだ。

その目は真っ赤に腫れていた。明らかに泣いたあとだ。

さながらお通夜である。

「火影君、今日の朝食はどうかな？」

絵里が尋ねてくる。

ここでも田中は口を開かなかった。

昨日までの彼なら音速で割り込んでいただろう。俺に代わって「最高でござる！　最高でござるよぉ！」などと喚き、俺達を呆れさせていたはず。それが今日は無反応。聞こえていないのかと思うほどだ。

「いつも通り美味しいよ、最高だ」

「ありがとう」

そう言って微笑む絵里。その笑みには、いつものような元気がこもっていない。無理をしているのがよく分かる作り笑いだった。気まずい沈黙を破る為に無理して声を掛けてきたのだろう。そのことは誰の目にも明らかだった。

(田中のこの様子……想像以上に深刻だな)

田中は昨夜、絵里に振られた。そのことは新顔の四人ですら知っている。田中の泣き喚く声がアジト内に響き渡っていたからだ。

具体的にどう振られたのかは分からない。ただ、一刀両断であったことは確実だろう。田中の反応がそう物語っていた。

「そうしけた面すんなよ！　失恋くらいでよぉ！」

再び訪れた沈黙を破ったのは亜里砂。こういう時、彼女のようなお調子者のキャラは役に立つ。

「な、なんのことか、分からぬでござるよ、二子玉殿」

田中が震えた声で顔を振った。目に涙が浮かんでいる。

「ウジウジして男らしくねぇなぁ！」

亜里砂は田中の肩に腕を回し、彼の体を自分にもたれさせる。

「女だったらここにもいるぞ？　絵里よりも可愛いこの亜里砂様がよぉ」

「だ、だから、なんのことか分からなぬでござる」

「だったらなんでそんなしけた面してんだぁ？」

「ちょっと体調が悪いだけでござるよ！」

田中は強引に亜里砂を振りほどくと、少し後ずさり、皆から距離をとった。

「困った奴だなぁ、田中は」

亜里砂は苦笑いで頭を掻く。

「田中、今日は休んでくれていいぞ。なんなら明日も」

俺も気にかけておく。失恋の経験がないから気持ちは分からないけれど、傍から見ている限り、田中には十分な休息が必要そうだ。

そう思ったのだが――。

「大丈夫でござる」と田中が首を振った。

「本当か？　別に無理しなくても」

「だから大丈夫でござる」

きっぱりと言い放つ田中。

「ならいいが……」

本人が大丈夫と言い張る以上、それ以上は強く言えなかった。

田中の作業はもっぱらアジトの中で行うものだ。貝殻を砕いたり、オリーブオイルを作ったり。

そして、絵里の作業も大半がアジトの中で行われる。今のような状況だと、作業中の空気が気まずくなることは容易に想像できた。

作業内容を変更して田中と絵里を引き離すべきか悩む。

（……いや、チームで生活する以上、引き離すのは無理があるな）

最終的に作業内容は変更しないことにした。

田中には本人が申し出た通り吉岡田の教育を任せる。今の田中を見る限り、花梨に任せたほうがいい気もするが……なるようになるだろう。

「能力測定も終わったことだし、今日から作業再開といこうか」

俺は昨日の間に考えておいた作業内容を指示していく。

愛菜は食材調達、亜里砂は釣り、絵里は今日の食事や保存食を作る。田中は吉岡田の教育をして、影山は偵察だ。

そして新顔の一人、ソフィアには――。

「手芸を覚えてもらう」

「手芸ですの？」

「そうだ。今は芽衣子と陽奈子の専売特許になっているが、これからはソフィアにも手芸を担当してもらいたい」

「かしこまりました」

何故か分からないが、天音も「承知した」と頷く。

「講師は陽奈子が務める。陽奈子、問題はあるか？」

「は、はい！　あっ、いえ！　問題ありません！」

陽奈子が大きな声で答える。緊張からカチコチになっているものの、最初の頃とは違ってしっかり話せている。これなら問題ないだろう。

「ご指導のほど、よろしくお願いしますね、陽奈子さん」

「こちらこそ、よろ、よろしくお願いします！」

ソフィアと陽奈子が握手を交わす。

「篠宮君、私は？」

芽衣子が尋ねてくる。昨日と同じく刃物の如き鋭い声だ。

「芽衣子には四日ほど休んでもらう」

「えっ？　私だけお休み？」

「総合的に判断してのことだが、何か不満でも？」

生理だから休みだぞ、とは言えない。生理については触れないのが大事だ。そのように花梨から教わった。

「自分だけ休むというのは気が引けるよ」

芽衣子が食い下がる。

「別にいいじゃん！　休ませてくれるって言うんだからさ、休める内に休んどけば？」

亜里砂が割って入る。

「でも……」

芽衣子は不満げに唇を尖らせた。

「だったら掃除を頼む。ところどころに落ちている食べかすを海に落として、あとは浴槽を綺麗にしてくれ。それでどうだ？」

「分かった。ありがとう、篠宮君」

「むしろ今まで気が利かなくて悪かったな」

「そんなことないよ」と微笑む芽衣子。

女性陣が「よくやったぞ」と言いたげな顔で俺を見ている。

生理で辛い思いをしている女子にはこの対応が正解のようだ。今後も同様の問題にはこんな感じで対処していこう。リーダーとしてのレベルが上がったように感じる。

「あとはマッスル高橋と天音だが、二人には動物の狩猟をお願いしたい。天音が狩って、高橋が運搬だ。イノシシは重いが、高橋なら一人でも余裕だろう」

「五頭くらいならまとめて運べるでマッスル！　それ以上でも重さは問題ないものの、大きさの問題で持てないと思われマッスル！」

「頼もしいぜ」

「マッスル！」

流石は筋骨隆々のボディビルダーだ。影山の顔面をワンパンで粉砕できそうな肉体をしているだけのことはある。筋肉は嘘をつかないということか。

高橋が快諾する一方、天音は――。

「断る」

まさかの拒否だった。

「えっ？」

固まる俺達。

「聞こえなかったか？　断ると言ったのだ」

天音の口調はきついが、怒っているわけではない。それが彼女のデフォルトであることは知っている。

「断るってどういうことだ？　もしかしてお前も……？」

生理なのか、とは訊けない。

だが、この流れなら天音にも伝わるはずだ。

事実、彼女は分かっていた。

「私は朝倉芽衣子とは違う」

「なら特に問題はないはずだが」

「それでも断る」

「体調が優れないのか？」

「そういうわけではない」

「じゃあどういうことだ？」

いくら天音が戦闘のプロとは言え、おいそれと「了解」とは言えない。チームで生活する以上、リーダーの指示には従ってもらわなければ困る。天音もそのことは分かっているはずだ。

だから俺も引き下がらなかった。

「私はソフィア様の警護が主任務だ。よって、ソフィア様から離れるような仕事を引き受けるわけにはいかない。私にはソフィア様の傍で行える仕事を回してくれ」

「なるほど、そういうことか」

天音の考えが把握できた。ソフィアに作業内容を指示した際、彼女が「承知した」と言ったことにも納得した。彼女は自分も手芸を学ぶものだと思っていたのだろう。

これは困った。

天音の言い分には理解の余地がある。だから、「嫌なら出て行け」とはならない。

しかし、天音にソフィアの傍で活動させるのは難しい。彼女は戦闘以外のことがからっきしなので、手芸の稽古をさせるのは効率が悪すぎる。他の作業にしたって、アジト内で行えるものは天音に向いていない。狩猟のような外で行う作業に従事してもらいたいところ。

天音とソフィアをくっつけて作業させた場合、どちらかが足を引っ張ることになる。それはとても勿体ないことだ。

「うーん、どうにかならないかな？」

「ソフィア様の安全が確約されていない限りは承諾しかねる」

「ぐぬぬ……」

やはり俺が妥協するしかないのだろうか。

そう思い始めていた、その時――。

「では、こうするのはいかがでして？」

ソフィアが均衡を破った。

「天音が外の作業に従事している間、私はアジトから出ないことを誓いましょう。手芸に調理、他にもアジトの中で行えることはたくさんあります。外に出なくても貢献できるでしょう。アジトの中であれば安全ですし、これなら二人共問題ないのではなくて？」

話の落としどころとしては申し分ない。

「俺はそれでかまわないよ。元々、ソフィアには手芸を中心にお願いする予定だった。田中が吉岡田の講師役をするなら、田中がアジトでしていた作業をカバーする必要がある。それもソフィアに任せたい」

「ですがソフィア様……」

天音のほうは不満のようだ。

「天音、これ以上のワガママはおよしなさい」

ソフィアがピシャリと言い放つ。

「貴方の気持ちは分かりますし、日頃の警護に対して最大限の敬意と謝意を抱いております。ですが、これ以上の条件を提示するのは些か強情というもの。郷に入れば郷に従うものです。私達は篠宮様のチームに参加させていただいているのですから、譲歩していただいただけ感謝しないといけません」

「……かしこまりました」

天音の鋭い視線が俺に向く。

かと思えば、彼女は深々と頭を下げ始めた。

「篠宮火影、駄々をこねて申し訳なかった」

「別にかまわないさ」

「狩猟の任務を引き受けよう。ただし、もう一つ希望を出させてほしい」

「希望？」

「イノシシとウサギはマッスル高橋に一任したい。罠に掛かっている動物だけでも結構な量になるだろう。私が同行する必要はないと考える」

「それもそうだな。だが、そうなると天音は何を狩るのだ？」

「それはお前に任せる。私がこの島で確認した動物は多い。具体的には、数種類の野鳥、牛、鹿、馬、羊、カバ、チーター、ライオン、トラ、シマウマ、それとワニだ。これらの内、お前が望む獲物を狩ってこよう」

当たり前のようにチーターやライオンを狩れると言い放つ天音。そのことに腰を抜かしそうになった。戦闘のプロには驚かされる。

「場所は覚えているのか？　どこにどの動物がいるのか」

「もちろんだ。ただし、中には流動的に活動している動物もいる。例えば鹿がそうだ。そうした動物は見つけるのに時間がかかる為、運が悪ければ狩るのに数日を要するかもしれない」

「なるほどな。それだったら、今日は狩りじゃなくて案内をお願いしたい。俺も同行するから、各動物の棲息地を詳しく教えてくれ」

「承知した」

これは大きな情報だ。

特に牛や鹿、馬や羊あたりが熱い。食材になるだけではなく、剥いだ皮を鞣《なめ》して革製品を作ることも可能だ。色々なアイデアが湧き上がる。

「他に異論は？」

誰も口を開かない。

異論がないことを確認すると、俺は「よし」と頷いた。

「それでは二十六日目、八月十三日の作業を始めるぞ！」

「「「おおー！」」」

――この時、俺はまだ知らなかった。

後に予想外の事態が起きることを。

【メンテナンス】

天音に案内してもらい、様々な動物の棲息地を見て回る。

この時、改めて天音の能力に感心させられた。

「此処の獲物が欲しい時は迂回してくるといいだろう。時間は十三時から十五時の間は避ければ問題ない」

天音はただ目的地へ行くのではなく、安全なルートまで教えてくれた。

安全なルートとは、皇城チームと鉢合わせにならない経路のことだ。

経路だけでなく、連中が訪れやすい時間帯も教えてくれた。逆にこの時間なら間違いなく大丈夫という時間帯も。

皇城チームに所属していた頃の天音は、ソフィアの警護という都合上、殆どを丘の上で過ごしていた。それなのにもかかわらず、約二〇〇人いるメンバーの動向を正確に把握していたのだ。

「それにしてもこいつは驚いたな。まさか野鳥の中にこれほどの逸材が含まれていたとは思いもしなかったぜ」

数種類の野鳥という括りの中には、合鴨と鶏が含まれていた。

どちらも地球から輸入したのではないか、と疑いたくなる存在だ。

合鴨はマガモとアヒルの混合種だし、鶏に至ってはまさかの白レグである。

白レグというのは、白色レグホンという品種の略称。スーパーで売られている白い殻の卵は、基本的にコイツが産んだものだ。赤い頭部が特徴的な白い鶏で、度重なる品種改良の末に生み出された種である。それがどういうわけか、この世界では野鳥として棲息していた。

つまりこの白レグを捕獲すれば、日本と同等の卵を食べられるわけだ。

「これは近いうちに白レグの捕獲計画を考えないとな。白レグの卵は美味しいだけでなく栄養価も高い。上手くいけば生活の質が向上するぞ」

「栄養価に優れているというのはありがたいな。この島での食事はどうしても偏りがちだ。お嬢様もきっと喜ばれるだろう」

その後も俺達は動物の棲息地を見て回った。

捕獲や狩猟をする予定のない猛獣の棲息地にも足を運ぶ。ライオンやらチーターやら。それらの場所を把握しておけば、うっかり近づかずに済む。それに、思わぬ発見をする可能性もあった。

「この辺には近づかないのが正解だな」

猛獣は同じようなところに棲息していた。まるで「ここは猛獣ゾーンだぜ」とでも言うかの如く。ただ、トラなど一部の猛獣は活動範囲が広い為、しばしば別の場所に移動することもあるそうだ。それでも活動範囲は知れているので問題ない。

幸いにも、猛獣の近くにはめぼしい獲物が棲息していなかった。あえて近づく必要はなさそうだ。猛獣は猛獣の、俺達は俺達の縄張りで生活すればいい。競合しない平和な世界だ。

「これで全てかな？　他にもまだある？」

「いいや、この場所で最後だ」

「なら帰るか。想定していたよりも早く済んだな。天音が効率的に案内してくれたおかげだ。この様子だと余裕をもって帰ることができる」

「待ってくれ。時間に余裕があるなら寄り道をしたいのだがかまわないか？」

「寄り道？」

意外な発言だった。

俺よりも天音のほうが、一刻も早くアジトへ戻りたいはずだ。

なぜならアジトにはソフィアがいる。ソフィアに言われて妥協したとはいえ、天音はソフィアの傍から離れるのに難色を示していた。その天音が寄り道を申し出たことには驚かざるを得ない。

「俺は別にかまわないけど、どこに寄り道するつもりだ？」

「洞窟」

天音の返事はそれだけだった。

「どこの洞窟だ？」

篠宮洞窟なのか、それとも朝倉洞窟か。

俺達は普段、洞窟の上に名前を付けている。初期地点だった者の名前だ。故に俺が目を覚ました時にいた洞窟は「篠宮洞窟」と呼んでいる。そうすればどこの洞窟かを聞く手間が省ける。

天音を含む新顔にも呼び方を教えておかないとな。

「洞窟は洞窟だ。ついてくれば分かる」

そう言うと、天音は歩き出した。

俺は黙って追従する。

「ここだ」

しばらくして目的地に到着した。

やってきたのは俺の知らない洞窟だ。篠宮洞窟でも朝倉洞窟でもない。

「地理的に考えると……ソフィアと天音のスタート地点か？」

「その通り。流石だな、篠宮火影」

案の定、ソフィアと天音の初期地点だった。名前を付けるなら鬼龍院洞窟か。いや、呼びづらいからソフィアの苗字をとって鷲嶺洞窟としよう。

鷲嶺洞窟は奥行きがない。篠宮洞窟はおろか、朝倉洞窟にも劣っている。しかし、中は曲線を描くような形になっている為、入口から最奥部の壁を見ることはできなかった。

「この洞窟に来てどうするんだ？　忘れ物か？」

「とにかくついてきてくれ」

天音が洞窟の奥へ進んでいく。

真意は不明だが、恐怖は感じなかった。天音が俺に危害を加える可能性は皆無だし、彼女と一緒なら猛獣に襲われても問題ない。だから俺は、執拗に尋ねることなく従った。

「何もないようだが？」

最奥部にやってきたが、そこには何もなかった。なんとなくそんな気がしていた。ソフィアと天音の性格上、忘れ物をするとは思えない。それに忘れ物をしていたのであれば、もっと前に回収していたはずだ。

(それにしても暗いな……)

構造的な問題で太陽の光が届いていない。まだ昼間だというのに、この場所はさながら夜のようだった。

「篠宮火影、私の特訓に付き合ってくれ」

ようやく天音が用件を切り出した。だが、意味が分からない。

「特訓？」

「お嬢様と一緒の時はできなくてな」

そう言うと、天音は俺に体を押し付けてきた。

反射的に押しのけようとするも防がれる。戦闘のプロは抵抗を許さない。

「な、何を……」

俺が驚いている間にも天音は動く。なんと俺のズボンをおろし始めた。片手ですいすいと。

ズボンが地面に落ちると、パンツの上から俺のペニスを触ってくる。

「我が鬼龍院家は代々ヘイツ家の警護を務めている。ボディーガードとは別に、ボディーガードよりも遥かに近い距離から、命懸けでお守りするのが鬼龍院家の使命だ」

ヘイツというのは、ソフィアの父の苗字だ。

世界最大企業マイクロンソフトの創業者一族、それがヘイツ家。

「その為、私は生まれながらにしてあらゆる戦闘技術を叩き込まれた。毒に対する特訓も受けている。たとえ青酸カリを舐めても死ぬことはない」

「化け物だな……。で、これはいったいどういうつもりだ？」

天音は俺の言葉を無視して続ける。ペニスを撫でて軽く膨らませた後、迷うことなくパンツをずらした。そうして露わとなった半勃起ペニスを、今度はゆっくりと左手でしごいていく。

「鬼龍院家の務めはただの警護とは違う。時には友人として支え、必要であれば性欲処理の道具として奉仕することも厭わない」

「それってつまり、セックスをさせるってことか？」

「仮にお嬢様が男でそれをお望みであればな。その為の特訓も受けている。生憎、お嬢様は男ではなく女で、性欲の処理に私を求められていない為、私はいまだ処女のままだが」

天音の口から飛び出す「処女」のワード。そこに恥じらいというものは存在していない。

「よって、私の性処理能力は衰えている可能性がある。既に察しているかもしれないが改めて言おう。篠宮火影、お前には私の特訓相手になってもらいたい。その意味が分かるな？」

「俺とセックスがしたいってことでいいんだよな？」

「そうだ。ナイフと同じで、技術もメンテナンスが必要だ。私の性欲処理技術は長らくそれがなされていない。それに私もそろそろ実戦を視野に入れる年頃となってきている。だから、実戦形式でのメンテナンスを望む」

「それで俺にメンテナンスの手伝いをしろと」

「かまわないか？」

このような誘われ方をするのは初めてだった。最初で最後だろうとも思う。天音以外の女から、セックスをメンテナンスと言い換えて誘われるシーンを想像することはできない。

「ありがたいが生は駄目だ。妊娠されると困る」

誰が相手だろうと生は承諾しない。セックスをするには避妊具が必要だ。これは絶対不変の方針である。

「ふっ」

天音が笑った。

「それならば心配ない。私は妊娠できぬ身体だ」

「なに!?」

「妊娠すると警護に支障を来すだろう。だから鬼龍院家の女は、自分の身体では妊娠できぬよう特別な手術を施される。よって、子供を作る時は性行為でなく、もっと科学的な方法を採らねばならない。これで拒む理由はなかろう？」

「たしかにそうだが……。なんだか可哀想だな」

「よく言われるセリフだ。しかし、私自身は満足している。そう教育されたからなのかもしれないがな。なんにせよ不憫に思うことはない」

「そうか」

これ以上の無駄話は野暮というもの。

妊娠の恐れがない以上、俺からすれば手放しで承諾できる。

天音の優しい手コキによって、我がペニスも準備万端だ。

「ヘタクソだけど許してくれよな。経験回数は決して多くない」

そう言うと、俺は前戯を始めた。

天音を全裸にさせて、壁にもたれさせる。剥き出しになったおっぱいにしゃぶりつき、乳首を吸った。

「ああっ……！」

すると天音が喘いだ。

喘ぐのは決しておかしくないけれど、俺は驚いた。天音の性格上、てっきり無言なのかと思っていたのだ。俗に言う「マグロ」かと。

おそらくこの喘ぎ声も演技なのだろう。相手を悦ばせる為に叩き込まれたテクニックの一つだ。そうは思っていても、やはり喘がれるとテンションが上がる。俺は一瞬にして乗り気になった。

「流石に鍛えているだけあって引き締まっているな」

なめ回すように体を見る。

引き締まった腹筋を指で撫でると、天音はくすぐったそうに身をよじった。

「じ、じろじろ見るな……恥ずかしいじゃないか……」

これまた驚いたことに、天音が照れている。演技には見えなかった。これで演技なら、彼女の演技力はハリウッド級だ。俺みたいな素人を騙すには十分過ぎる。

ノリノリになった俺は、舐める場所を下へ進めていく。乳首からヘソに向けて、ゆっくりと丁寧に舌を這わせる。

「はぅぅ」

またしてもいい喘ぎ声。

天音は右手の甲を自分の口に押し当て、火照った顔を左右に振って快感に耐えている。脚は内股になっていて、今にもその場に崩れそうな感じだった。

「すっげぇ濡れてる。感じやすいんだな、天音って」

「うるさい……黙ってせんか……」

俺は更に下へ舐め進めていく。

ついに膣まで到達した。既に大量の愛液が分泌されており、事前にローションでも塗りたくったかのような濡れ具合だ。やはり演技ではなく本気で感じている。そう確信した。

執拗なくらいに舐めた後、今度は天音の耳たぶを咥える。同時に、右の中指で彼女の陰核《クリ》を優しく撫で回した。

「あぅ、駄目……！」

天音が崩落した。俺の前でペタンとへたり込む。両腕を垂らし、ぜぇぜぇと激しく息を乱しながら、恍惚とした表情でこちらを見てくる。奇しくも彼女の顔と俺のペニスが同じような高さにあった。

「咥えろ」

調子に乗って命令口調で言ってみる。

言った後に「調子に乗るな」と怒られるのではないか不安になった。

しかし、そんなことにはならなかった。

「はい……舐めさせていただきます」

天音は怒ることもなく命令に従ったのだ。

それもどういうわけか敬語になっている。俺が命令したからなのだろうか。分からないけれど、唐突な敬語にはそそられた。いつも以上に支配欲が満たされる。

「気持ちいいですか？」

上目遣いで必死に俺のペニスをしゃぶる天音。

「ああ、最高だよ」

俺は下品な笑みを浮かべて、天音の顔を眺める。

だが、次第に見ているだけでは満足できなくなってきた。

おもむろに腰を動かす。二〇センチを超えるフル勃起状態のペニスが、天音の喉の奥へ突き刺さる。

次第に腰の振りを激しくしていく。それを何度も繰り返していると天音が咽《む》せた。ゲホゲホと盛大に咳き込む。口の端からは涎が垂れていた。

それでも彼女はしゃぶることをやめようとしない。俺の命令を忠実に遂行している。その姿にグッときた。

（そろそろ限界だな……）

天音のテクニックは凄まじかった。

俺は早くも絶頂に達していて、これ以上の我慢は厳しかった。

「このままだと口に出してしまいそうだ」

いつもならそれで問題ない。口の中に射精しておしまいだ。

しかし今回は違う。天音はセックスをご所望なのだ。口に出すのは御法度。これでは契約不履行ではないかと怒られてしまう。

「立て」

「あ、脚が……」

「いいから立つんだよ」

俺は強引に天音を立たせた。

彼女は生まれたての子鹿みたいに脚を震わせている。

「後ろに向いて、壁に両手を突いて」

「こ、こうですか？」

天音が言われたとおりにする。

「もっと尻を突き出して」

天音の腰に両手を当てて、ゆっくりと後ろに引く。彼女の上半身が少し下がって、その代わりに尻がグッと突き出された。完璧だ。

「いくぜ」

ギンギンに勃起して暴発寸前のペニスを掴み、後ろから天音の膣口に挿入していく。

「はうっ！」

ペニスが入った瞬間、天音の体が大きくビクンと震えた。まだ腰を振っていないのにこの反応だ。これで俺が腰を振ればどうなるのだろう。

試してみた。

「あぁっぁあぁぁっつあっぁぁ！」

洞窟に響き渡る天音の声。想像以上に大きい。

痛がっている様子はなかった。処女なのに痛がらないのは訓練の賜物なのか、それとも俺のテクニックが向上しているからなのか。真相は不明だが、こちらからすると最高というほかない。

「いいぞ、天音、天音、天音……！」

いつしか俺の腰振りが激しくなっていた。

「そろそろ出そうだ」

「出してください……中に……」

「いやぁ、今回は外に出すとしよう」

あえて焦らしてみる。

「逃がしません」

すると、天音の膣がとんでもなく締まった。

これまでも強い締まりだったが、それが更に強くなる。

俺のペニスはガチガチに締め付けられた。手で握られているかのようだ。

「ウッ……！」

その快感は凄まじくて、俺はあっという間に昇天した。

限界まで溜め込んだ精液が一気に放出されたのだ。その全てが天音の子宮に流れ込んでいく。

「これが中出し……ゴムとは全然ちげぇ……」

生でセックスをしたのはこれが初めて。

その快感は、避妊具を装着している時とは比較にならなかった。芽衣子とセックスした時よりも強い一体感に包まれる。

「ふぅ」

俺は大きく息を吐き、ゆっくりとペニスを抜く。

すると、天音の膣から俺の精液が溢れてきた。何度となくＡＶで見た光景だ。実際に目の当たりにすると妙な感動があった。

「はぁ……はぁ……」

天音は肩で呼吸しながらその場に座り込む。そのまま体を反転させて、俺のほうに向いた。

よほど気持ちよかったのか目が虚ろになっている。

「最高だったぜ、天音」

射精を終えた俺は賢者になっていた。

クールにパンツとズボンを穿こうとする。

「待って」

それを天音が制止した。

「もう少しだけ」

そう言って天音は柔らかくなった俺のペニスをしゃぶり始めた。

なんとお掃除フェラまでしてくれるらしい。しかも情熱的だ。俺の腰に両腕を回して、めちゃくちゃ激しく頭を動かしている。ただのお掃除には留まらない。「もう一発ぶちまけていきなよ」と誘惑しているかのようだ。

「おおっ……！」

一仕事を終えて疲れ果てていた我がペニスが強引に回復させられた。むくむくと成長していき、あっという間にギンギンになる。

「口に出して」

天音がフェラから手コキに移行する。右手で激しくしごきながら、ペニスの前で口を開けている。

俺は問答無用で射精させられた。

「思った以上の量だな……」

天音の口に溜まった精液を見て呟く。二発目とは思えなかった。

「さてその口に溜まったやつだが」

俺が言った瞬間、ゴクンッという音が響いた。

彼女は悩むことなく精液を飲み干したのだ。

「飲んでしまったが駄目だったか？」

「いいや、それでいい」

天音に俺の精液を浸透させてしまった。上の口にも、下の口にも。

俺の気持ちはこの上なく満たされた。

「天音、またメンテナンスの相手をさせてくれ」

ズボンを穿きながら言う俺。

「仕方ないな」

天音は服を着ながら応える。いつもの素っ気ない彼女に戻っていた。

【男達】

水野を除く新顔四人の内、三人はすぐに戦力となった。

ソフィアとマッスル高橋は即戦力だったし、天音も問題ない。

天音の場合、火熾しだけが課題だったが、それもすぐにマスターした。俺とセックスをした日の夜にはコツを掴み、翌日にはモノにしていたのだ。ひとたび慣れると後は早かった。

とはいえ、相変わらず他の能力に関しては論外のままだ。

中でも面白いのは調理関係で、ナイフを手足の如く扱えるというのに、食材をカットする際の手つきはおぼつかなかった。肉を切る時に「敵を切り刻む」と思って取り組めば滑らかな動きをするのに、「調理をする」と認識したらうっかり指を切り落としそうになるのだ。

しかし問題にはならない。彼女に割り振る任務は狩猟か偵察に限られているからだ。

苦戦を強いられているのは、案の定、吉岡田である。

絵里に振られて意気消沈の田中に指導されるも、結果は芳《かんば》しくなかった。試しに講師を花梨に変更してみたが、それでも覚醒することはなかった。教え上手な花梨先生ですらお手上げだ。

だが悲観してはいない。

吉岡田も成長はしている。全てが平均以下なだけで、作業自体はしっかり覚えていた。意欲も十分だ。時間が経てば最低限の働きはできるようになるだろう。ただ、その時が来るのはいつになるか分からなかった。現状では猿軍団の下っ端にも劣っている。今はまだ一人前としてカウントできない。

新顔の能力についてはこんな感じだ。

性格面では四人とも問題ない。既に俺達とも馴染んでいるし、これといったトラブルも起きていない。

むしろ問題なのは新顔の四人ではなく――。

◇

三十日目。八月十七日、土曜日。

今日は定休日なので、皆が自由に休みを満喫している。

普段はアジトの中で作業をしていることが多い絵里も、今日はどこかへ出かけていた。芽衣子や陽奈子などの手芸班もそうだ。

アジトにいるのは俺と吉岡田のみ。

「吉岡田、そういえばお前、何の本を読んでいるんだ？」

吉岡田はタブレット端末を操作していた。

その端末は電子書籍リーダーと呼ばれる物で、電子書籍を読むのに特化しているそうだ。機械に疎い俺でも、吉岡の持つ端末のことは知っていた。

彼の持っている端末は異様に高いことで有名なのだ。普通の電子書籍リーダーが一・二万なのに対し、彼の端末は定価だと五十万円を上回る。そこらの大型テレビよりも高い。その飛び抜けた高さによって、製品の発表時は何かと話題になった。プロ仕様らしいが、詳しくない俺には違いがよく分からなかった。

「船の設計に関する書籍です、どうぞ」

「お前、船の設計ができるのか？」

「今は知識だけですが、いずれ自分で設計したいと思っています、どうぞ」

予想外の回答だ。

てっきり漫画でも読んでいるのかと思った。

「家の設計とかもできるの？」

「設計図を書くことならできます、どうぞ」

「凄いじゃねぇか。夢は設計士なのか？」

「それも候補の一つです、どうぞ」

「なるほどなぁ」

吉岡田の背後から端末を眺める。

覗き見防止機能が備わっているのか、書いている内容がよく見えない。

「よかったら俺にも読ませてくれよ、その電子書籍」

「わかりました、どうぞ」

吉岡田が端末を渡してくる。

まさかの手渡しだ。てっきり端末の画面を俺に向けるだけかと思っていた。

定価で五十万以上もする代物を他人に渡して怖くないのだろうか。俺だったら怖くて渡せない。どうしても渡すなら、「絶対に落とすんじゃねぇぞ」と威圧するだろう。

「えーっと、これ、どうやって操作するの？」

吉岡田から端末を拝借したのはいいが、操作方法が分からない。

画面に何かしらのボタンが表示されているわけではなかった。画面に表示されているアイコンは充電の残量だけだ。花梨のスマホと同じく太陽光で充電する代物で、今でも充電の残量が最大のままである。

「紙と同じようにこうやってページをめくります、どうぞ」

吉岡田は、俺のたどたどしい手つきに不安がる素振りを見せずに教えてくれた。

（ここでうっかり端末を落としたら、吉岡田はどんな反応をするのだろう）

邪な考えが脳裏によぎる。もちろん行動には移さない。それに落としたところで何も起きない気がした。吉岡田は涼しい顔をしている。まるで「落としたければ落としてくれて問題ないですよ、どうぞ」とでも言いたげだ。

これほどの高級端末を学校鞄に入れていて、しかも迷うことなく他人に貸せるなんて、吉岡田は相当な金持ちなのかもしれない。

「なるほど、さっぱりわからん」

端末の操作自体は簡単だった。

しかし、書籍の内容がちんぷんかんぷんだ。意味不明な単語がこれでもかと書かれていて、とても日本語の書物とは思えなかった。

俺は「サンキューな」と礼を言って、吉岡田に端末を返す。

吉岡田は端末を受け取ると、再び続きを読み始めた。彼には書いてあることがよく分かるようで、しきりに「なるほど」「ここでそういう発想にいたるのか」「これは意表を突かれた」などと口にしている。

その様を見ていて思った。

「設計関係が好きなら、そういう仕事を試しに任せてみるか」

「設計をさせてもらえるのですか!?」

吉岡田が食いつく。その目はビームを発射しそうな輝きを放っている。一瞬で鼻息が荒くなっていた。凄まじい喜びようだ。

「…………」

一方、俺は無表情かつ無言だ。

別に吉岡田の反応にドン引きしたわけではない。まだ続きがあるのかもしれないとの思いから、吉岡田の言葉を待っているのだ。彼は特徴的な語尾を付けて話す。

「あっ」

吉岡田もそれに気づいたようだ。恥ずかしそうに顔を赤くしながら「どうぞ」と付け足した。発言が終わったようだ。

俺は口を開いた。

「皇城チームの脅威はなくなったも同然だからな。もはやアジトの中でひそひそと暮らす必要もないだろう。いずれ立派な帆船を造る日に備えて、まずは別荘がてら家をこしらえてみるのもいいかと思ってな」

俺達は皆、吉岡田のことを応援している。

加入当初の田中と同じだ。やる気に満ちている。どれだけ出来が悪かったとしても、必死に頑張っている姿を見れば応援したくなるもの。

だから設計の仕事を割り当てようと考えた。

家や船は元から造る予定だったし、設計図はいずれ必要になる。もっとも家のほうは、竪穴式住居なら設計図がなくても余裕なのだが。

吉岡田が設計をできるなら、竪穴式ではなく高床式住居に挑める。山勘で木材を組み立てるよりも、よほどまともな仕上がりになるだろう。

「ありがとうございます！　頑張ります、どうぞ！」

「もちろん今まで通り各作業の特訓もしてもらう。午前は特訓で、午後に設計図の作成だ。見かけないから問題ないとは思うが、ネズミ等の害獣を警戒して高床式の家を設計してくれ」

「わかりました、どうぞ！」

吉岡田の設計能力は未知数だ。役に立てば嬉しいが、そうでなくても気にならない。設計作業を機に今の意欲を維持してくれればそれでよかった。

田中の時とは違い、吉岡田には同類がいない。田中には影山という傷をなめ合える出来損ないの仲間がいた。

この差は大きい。明確に自分が最下位だと分かる状況は胸が苦しくなる。吉岡田のようなやる気が漲っているタイプだと尚更だ。だから思い詰める前に手を打っておいた。

「さて、あとは……」

アジトを出て海に向かう。

砂辺では一人の男が貝殻を集めていた。

哀愁が漂うその背中の主は――――。

「今日も暗い顔をしているな」

「ああ、篠宮殿でござるか」

――田中だ。

フルネームは田中万太郎。ヒョロガリメガネの漫画研究会会長。

彼は絵里に惚れるも、きっぱりと振られてしまった。

それ以降、こうして暗い顔をしている。誰かに八つ当たりするでもなければ、発狂して暴れ狂うわけでもない。周囲を苦笑いさせる程の明るさだけがすっぽりと抜け落ちていた。

「作業を止めて話でもしようぜ」

「放っておいてほしいでござる、特に篠宮殿には」

「特に俺には？　どういうことだ？　まぁいい。とりあえず話そうぜ」

「……仕方ないでござるな」

田中は貝殻の詰まった学生鞄を地面に置き、その場に座った。

俺もその隣に腰を下ろす。

「絵里にどんな振られ方をしたんだ？」

直球で尋ねる。

田中と絵里の間にあったやり取りは不明だ。誰も尋ねなかったし、俺も訊かなかった。訊ける雰囲気ではなかったし、訊いても教えてくれないことは明白だった。

絵里からは「きっぱり振った」とだけ聞いている。

「篠宮殿には関係ないでござろう」

「たしかに関係ねぇよ。でもな、そう暗い顔をされると気になるだろ。無理して明るく振る舞えって言いたいわけじゃない。落ち込むのもいい。お前はきっちり作業しているからな。だから、どうしても言いたくないならいいけど、胸の内に溜め込んでいるものがあるなら話してみてくれないか」

田中が失恋を理由に労働を放棄しているなら怒っていただろう。いい加減に切り替えろよ、と。

しかし彼は失恋以降も怠ることなく働いている。それどころか、失恋した以前よりもよく働いていた。もはや無能ではなく有能だ。できる男。

そんな田中を怒ろうとは思わない。

ただ純粋に、田中には元気になってもらいたかった。かつては鬱陶しいと思っていた彼のマシンガントークも、なくなると寂しいものだ。

「…………」

田中はしばらく無言だった。

俺も静かにじっと待つ。

「拙者や影山殿のようなオタクと呼ばれる連中は……」

田中がポツリと話し始めた。

「少し女性に優しくされただけで惚れる、などと馬鹿にされるのが世の常でござろう？」

「たしかにそうだな」

「しかし拙者、これまで一度も女性に惚れたことはなかったでござる」

「同性愛者なのか？」

「違うでござるよ！」

田中が吠える。やや頬が緩む。――が、すぐに引き締まった。

「拙者や影山殿はオタク故、三次元ではなく二次元に惚れるでござるよ。気持ち悪いと思われるだろうし、理解してほしいとは考えていないでござる。ただ、そういう生き物でござる、オタクというのは」

「ふむ」

「だが拙者は、生まれて初めて三次元の女性に恋をしたでござる」

「それが絵里というわけだな」

「さよう。絵里殿は天使でござる。見た目も可愛く、声も可愛い。一緒に作業をしている時には、拙者の話をたくさん聞いてくださった。おおよそ興味がないであろうアニメや漫画の話でも、絵里殿は笑顔で聞いてくれたでござる。拙者には相応しくないことも、実らぬ恋であることも承知していたでござる。それでも拙者は、絵里殿に惚れたでござる。惚れてしまったのでござる」

適当な相槌が浮かばない。

だから黙っていると、田中が続きを話した。

「されど拙者の想いは実らぬもの。案の定、絵里殿に振られたでござる。そのことは篠宮殿もご存じであろう」

「うむ」

「振られたことは致し方ないでござる。告白する前に玉砕したのも仕方なかろう。絵里殿と拙者は仲間や友人であって恋人にはなれない。結構でござる。分かっているでござる。理解していたでござる。しかし、あんまりではござらんか？」

いよいよ本題だ。

田中の思いの丈がぶちまけられる時。

「よりによって絵里殿が恋慕の情を抱いている相手が篠宮殿だなんて！」

「へっ？」

予想外の言葉に驚く。

「俺と絵里はそういう関係じゃ」

「それは篠宮殿が気づいていないだけでござる。絵里殿はきっぱりと篠宮殿に恋愛感情を抱いていると明言したでござる！」

田中が強い口調で言う。

「篠宮殿は立派なリーダーでござるが、女性関係に関してはあまりに鈍すぎるでござる。絵里殿をはじめ、他の女性陣が篠宮殿に恋慕の情を抱いているでござる。それに気づかぬなどあまりに浅はか！　そして毎日それを目の当たりにしている拙者の身になるでござる！　拙者には決して見せないメスの顔を篠宮殿には見せる絵里殿。それを否応なく眺め続けねばならない拙者の気持ちを！　篠宮殿が悪いわけではないでござる！　絵里殿も悪くないでござる！　されど、この状況で気持ちを切り替えるなんて無理でござろう！　そうでござろうよ！」

田中が怒濤の剣幕で捲し立てる。顔を赤くし、首筋に血管を浮かばせながら、充血した目で俺を睨む。

「いや、その……えっと……」

何もかもが意外過ぎて、俺は返す言葉が浮かばなかった。

【水路作り】

絵里が俺に恋愛感情を抱いているだって？

にわかには信じがたい話だ。

たしかに絵里には世話になっている。この島で初めて抜いてくれたのも彼女だ。その後もしばしば抜いてもらっている。性的なことを除いたとしても、とても仲良くしていると言えるだろう。

しかし、そんな風に見られていると感じたことは一度もない。これまで絵里と過ごしてきた日々を振り返っても、やはり思い当たる節はなかった。恋人ではなく仲間や友人といった扱いだったように感じる。

（田中を振る過程で俺の名前を出したのだろう）

それが俺の結論だった。

「他に好きな人がいる」というのは、振る際の常套句だ。実際に好きな相手がいるかどうかは関係ない。相手を諦めさせる為の言葉だ。

だが、田中は食い下がったのだろう。十分にあり得る話だ。俺や田中のような陰キャラはその辺に疎いから。きっと彼は「それは誰でござるか!?」などと言って詰めたに違いない。

で、答えに窮した絵里は俺の名前を出した。咄嗟に浮かんだのが俺の名前だっただけのことだ。もう少し冷静だったら零斗辺りの名前を出していただろう。あくまで成り行きからの発言である。そう考えれば辻褄が合う。

「篠宮殿のお気遣いには感謝するでござるが、篠宮殿にだけは慰めてほしくないでござる。拙者も一応は男でござる。皆に不要な心配をさせぬよう、今後は配慮していく所存でござる。したらばこれにて」

田中は立ち上がると、亜里砂のほうへ駆けだした。

「二子玉殿ぉ！　いえ、亜里砂殿ぉ！　失恋で悲しむ拙者に釣りの極意を伝授してくだされぇ！　お願いでござるぅ！」

遠くから密かにこちらの様子を窺っていた亜里砂は、突如として迫り来る田中にぎょっと驚く。しかし次の瞬間には満面の笑みを浮かべた。

「田中、ついに復活したかぁ！」

俺達の会話がどういう内容か知らない亜里砂は、田中が立ち直ったものだと判断して声を弾ませた。

「完全復活でござる！　ですからどうか教えてくだされぇ！」

「おうおう！　ならついてきな！　まずは川釣りからいくぞー！」

「了解でござるぅ！」

亜里砂と田中が海を離れて川に向かう。

(田中の奴、明らかに無理をしているな……。とはいえ、これ以上、俺がアイツにしてやれることはない)

今は無理をしている田中だが、いずれは立ち直るだろう。

「やれやれ、人間関係って面倒くせぇな」

俺は大きなため息をつくと、田中の残していった学生鞄を持ってアジトに戻った。

◇

その後は大したイベントもなく一日が終わった。

日が明けて日曜日になる。

今日も休日なので基本的には自由行動だ。

朝食が済むなり大半のメンバーがアジトを出て行った。昨日はアジトの中で電子書籍を読み耽っていた吉岡田も、今日は外で活動している。

一方、俺はこの日、一日の殆どをアジトの中で過ごしていた。

「篠宮君、もう一回。いいでしょ？」

「おいおい、まじかよ……。もちろんいいけど」

芽衣子と快楽に浸っていたのだ。

生理から回復した彼女は、執拗に俺を誘ってきた。

一回目の誘い文句は、生理で苦しむ彼女に配慮したことへのお礼だった。昼ご飯を済ませてすぐの頃だ。いつになくノリノリだった彼女の口に、俺は大量の精液を流し込んだ。

これで終わりかと思ったら、その後も誘われた。それも一度や二度ではなく、三度だ。顔に二発と胸に一発ぶちまけた。この日だけで四度も芽衣子と愉しんだわけだ。

それらは全て同じ場所で行った。具体的にはアジトの中——湖よりも更に奥へ進んだ未知のエリアだ。湖に差し込む陽光の届かない場所で、ひんやりしていて快適だった。

「さすがに今日はこれでおしまいだからな」

俺は四度目の射精を終えて疲れ果てていた。

芽衣子はふにゃふにゃになった我がペニスを舐め回しながら俺を見る。

「ふふっ、今回もすごくよかった」

「それにしても今日の芽衣子は飢えてたな」

「なんかそういう気分だったの」

「俺はいつでもそういう気分だぜ」

こうして、快楽まみれの日曜日が終わった。

◇

――三十二日目。八月十九日、月曜日。

休日が終わり、作業日がやってきた。

しかし、この日の俺達は、とても作業に集中できる気がしなかった。

「そろそろだよね？」

朝食が終わる頃、愛菜が切り出した。

誰も「なにがそろそろなの？」とは訊かない。訊くまでもなかった。

「今日で一週間だからな」

「水野君、無事だといいけど……」

絵里がぽつりと呟く。

そう、今から一週間前、水野泳太郎は此処を発った。

本人曰く「帰還予定は一週間から二週間」とのこと。もしも無事であれば、今日あたりに帰ってきてもおかしくない。

「気が気でならないのは分かるが、皆で仲良く心配していても仕方ない。水野の帰還に備えて二人ほど海の監視に回し、残りはいつも通り作業を行うぞ」

「「「了解！」」」

水野の無事を祈りながら、俺達は今日も作業に取りかかった。

◇

海の監視は陽奈子と亜里砂が担当する。

陽奈子は土曜日から生理なので都合が良かった。

亜里砂は海釣りの都合で海辺にいる為、これまた都合がいい。

残りのメンバーは共同作業だ。

影山を除いた残りのメンバーを連れて、俺は篠宮洞窟の南西にある川の近くへやってきた。

影山には皇城チームの偵察を任せている。もはや脅威ではないが、それでも念を入れておく。

窮鼠猫を噛むという言葉のように、追い詰められた皇城チームが暴走してもおかしくない。

「いよいよ俺達の文明を次の段階へ進める時が来た」

俺は説明をしながら全員の顔を見る。

皆の手には約一メートルの竹筒と鍬が握られていた。

この鍬は平鍬と呼ばれる物で、刃が一枚の板状であることが特徴的だ。

「そこで今回は、持続的な生活を送る為の地盤作りを本格化していく」

「いったい何をするのでして？」とソフィア。

「水路作りだ」

俺は持っている鍬で川の近くを掘ってみせた。

「こうやって土を掘り返し、細長い穴を作る。この穴を川まで延ばして連結してやれば、川の水が分岐して流れるわけだ」

「それで、竹の筒は何に使うの？」と花梨。

皆もそれが気になっている様子。

「竹筒は川の水を運ぶのに使う。掘った土の上に川の水を直接走らせるのではなく、設置した竹筒の中を走らせるわけだ。そうすることによって、綺麗な水を好きなところまで運べる」

「なるほどね」

「川の水を運んでどうするの？　飲み水だったらアジトの湖で十分だし、何か別のことに使うんだよね？」

今度は愛菜が尋ねてきた。

「鋭い質問だ」

愛菜の言う通り、飲み水として利用するだけなら湖の水で十分だ。わざわざ苦労して水路を作る必要はない。

そこに気がつく当たり、彼女はこの世界に来た当初よりも賢くなっている。昔だったら今のような疑問は抱かなかっただろう。

「水路の水は稲作に使うんだ」

「稲作でござるか!?」

田中が驚きの声を上げる。他の連中もざわついていた。

「力仕事になりそうな予感がするでマッスル！」

「かなりの重労働になるだろうな」

俺は絵里に視線を向ける。

「完成までには結構な時間がかかるだろう。だが、おそらく冬には間に合うと思うぜ」

「間に合うって？　火影君、畑で何を作ろうとしているの？」

絵里が作物に興味津々の様子。目がいい感じの輝きを放っている。

俺はニヤリと笑った。

「日本人の主食——お米さ」

「「「米ーッ！」」」

全員が叫んだ。

普段はクールな天音すら叫ぶ。

「もう二度と食べられないと思っていたぞ、篠宮火影」

「天音に同じくですわ。嗚呼、まさかお米が食べられるなんて！」

「まだ上手くいくかは分からないし、その為にすることは山積みだがな」

今までは食材を調達するのに動き回っていた。キノコにしろ、山菜にしろ、魚にしろ、イノシシにしろ、手に入れる為には足を運んで獲りに行く必要があった。

しかし、これからは違う。定位置で育てて、安定的に収穫していく。

「まずは稲作から始めるが、その後は畜産も考えている。皇城チームの脅威がなくなった今、俺達は逃げることを考えなくていい。アジト周辺を一気に拡大していくぞ！」

「「「おおー！」」」

全員の士気がグッと高まる。熱気が凄まじい。

「ここからは二手に分かれて作業を行う。愛菜、絵里、花梨、芽衣子、吉岡田は、さっき説明した方法で水路作りを頼む。川の水を流すのは最後——目的地まで竹筒の道を作ってからだ。だから、川から少しだけ距離をおいて作業をしてくれ。竹筒が足りなくなっても作業は継続だ。穴掘りだけ先行して進めておいてくれ。目的地はアジトだ。ここからアジトまでは結構な距離があるけど、そこは根性で乗り切れ！」

「「「了解！」」」

「田中、高橋、ソフィア、天音には竹の伐採をお願いする。この場にある竹筒だけではどう考えても足りないからな」

「かしこまりました」

「あと、持っている鍬はここに置いていってくれ。水路組が使う」

「鍬を置いていく？　すると、竹の伐採はどうするでござる？」

「それよりも篠宮火影、お前はどうやってこの竹筒を用意したのだ？」

田中と天音が尋ねてくる。

「伐採には青銅で作ったノコギリを使う。ノコギリは土曜日に作っておいた。既に東の竹林に置いてある。木箱の中だ。自由に使ってくれてかまわない」

「ノコギリ!?　流石は篠宮殿、実に用意周到でござるな」

「完成したのは土曜日だが、作業自体はしばらく前から取りかかっていたんだ。たしか風呂を作った時くらいから始めていたはず。かれこれ二週間ほど前になるのかな」

「それほど前から今の局面を想定していたとは……天晴れでござる」

「竹は優秀な素材だからな。いずれ伐採する時が来ることは目に見えていた。だからそれに備えていただけのことさ」

「やはり篠宮殿には敵わないでござる……」

田中が力のない笑みを浮かべる。それと同時に彼の黒目がスーッと動いた。既に作業を始めている水路組、正確には絵里の後ろ姿を捉えている。

「篠宮火影、私は素手で作業をしてもかまわないか？」

天音がとんでもないことを尋ねてきた。

「別にかまわないけど、素手で竹を切るつもりか？」

「私の手刀ならば竹を切ることなど造作もない」

「手刀で竹を切るだぁ!?　おいおい、マジかよ！　すっげぇな天音！　もしかして木とかも切れるの!?」

亜里砂が食いつく。

俺も「化け物かよ……」と苦笑い。

場が騒がしくなって、話が脱線しそうになる。そうなる前にまとめよう。

「とにかく指示はこれで以上だ。俺はアジトに戻り、今後の作業で使うであろう物を作っておく。各自、怪我と熱中症に注意して頑張るように！」

「「了解！」」

水路組に続いて伐採組も動き出す。

こうして俺達は、新時代の技術〈農業〉の第一歩を歩み始めた。

【告白】

川から耕地予定地に向かって穴を掘り、その穴に竹筒を埋める。

その竹筒を土で覆って、地上からは見えなくする。

そんな作業を十人足らずの人員でするのは骨が折れた。

「今日はこのくらいにしておくとしよう」

水路組に作業の終了を伝える。伐採組は一足先に終えていた。

ローマは一日にして成らず。

彼《か》の国ほどではないけれど、水路も一日では成らなかった。

ゴールはまだまだ先だ。

おそらく皆、作業量にうんざりしているだろう。

——と、思いきや。

「思ったより進んだね」

「あたしもそれ思った！」

「やっぱりマンパワーがあると違うねー」

絵里や愛菜、それに花梨は進捗状況に喜んでいた。自分達の作った水路を眺めてニッコリしている。

ソフィア達が加入するまで、もっと少ない人数で作業をしていた。だから、今の進捗状況でも十分に満足しているようだ。

「これならすぐに完成するんじゃない？」

愛菜が尋ねてきた。

「順調に進めば明日か明後日には完成だろうな」

森側からだと崖にしか見えない俺達のアジト。その崖の手前に位置する部分は、平坦な草原になっている。

そこが耕地予定地だ。土は栄養に富んでおり、作物を耕すのに適している。肥料を与えてやれば、作物の仕上がりは素晴らしいものになるだろう。

「想像以上に大変ですわね、稲作は」とソフィア。

彼女は伐採組だが、水路組の進捗を見たいということでこの場に来ていた。もちろん、彼女の警護を務める天音も一緒だ。

(同じ作業をしていたとは思えないな……)

ソフィアと天音を見比べて思った。

どちらも伐採組なのに、疲労具合には雲泥の差がある。

ソフィアは汗だくで、太ももから汗が滴っていた。スカートも汗で湿気っている。

対する天音は涼しい顔。一粒の汗すらかいていない。息も上がっておらず、顔には「まだまだ働けるぞ」と書いていた。

「たしかに水路の完成はあと数日だが、その後もすることがあるぜ。作業はまだまだこれからさ」

「「「ひぃいいい！」」」

皆が悲鳴を上げる。

稲作は始めるまでが本当に大変だ。

だが、その苦労に見合った成果があることは確実。

今は頑張るしかなかった。

◇

稲作に先駆けて野菜の栽培を始めることにした。

農業を本格化させる前の試作である。

栽培方法は簡単だ。土器製のプランターに家庭菜園用の種を蒔いて育てるだけ。この種は俺の鞄に入っていたものだ。長らく日の目を見ずにいた存在。それがついに役立つわけだ。

この作業は夕食の後に行った。

「水路作りと調理で疲れているだろうに悪いな」

「家庭菜園には前から興味があったし問題ないよ」

絵里が作業を手伝ってくれた。一人でやるつもりだったのだが、彼女が手伝いたいと志願したのだ。

日が暮れて暗い中、耕地予定地の近くでプランターに土を詰めていく。

他の連中はアジトの中で各々の作業に従事している。食器を洗ったり、洗濯物をたたんだり、風呂を沸かしたり。この場には俺と絵里しかいない。

「土はこれくらいでいいのかな？」

絵里がプランターを見せてくる。

俺は自分のプランターと絵里のプランターを見比べた。

「完璧だ。次は土のレベル上げだな」

「レベル上げ？」

「肥料をくれてやるのさ」

俺は小さな土器の容器を取り出した。

中には白に近い灰色の粉がたくさん入っている。

「それって……」

絵里はこの粉に見覚えがあるようだ。

「その通り」

俺は笑みを浮かべて頷いた。

「焼いた貝殻を粉々に砕いたものさ」

「石鹸作り以外で使う時がきたんだね」

「そういうこと」

この世界に来てすぐの頃から、暇があればこの粉を作ってきた。

作り方は簡単だ。

海辺で拾い集めた貝殻を焼いて殺菌し、粉末になるまで砕く。それだけだ。

この粉は今まで石鹸の材料としてのみ使っていた。しかし、今後は肥料としても使っていく。使い道は他にもあって、建材として使うこともできる。とんでもなく万能な代物だ。

長々と取り組んだだけあり、粉の備蓄は大量にある。もっとも、大半は田中が作ったものだが。

「そういえば、田中から話を聞いたよ」

作業をしながら話す。

「聞いたって？」

「俺のことが好きと言って奴を振ったらしいな」

「えっ」

驚く絵里。目つきが鋭くなり、手が止まる。

「田中君、そのこと話したの？　言わない約束だったのに」

「勢いで言ってしまったのだろう。深い意味がないのは分かっているけど、それでも驚いたよ」

「…………」

絵里は何も言わない。

彼女はしばらく俺を見つめた後、静かに作業を再開させた。

「なんにせよ、俺を理由に振ったのなら言っておいてほしかったな。本当に恋愛感情があるならまだしも、そうではないわけだしさ。何も知らなかったせいで、田中を慰めようとして逆に怒らせてしまったよ」

田中とはこの件で話して以降、事務的な会話しかしていなかった。俺からは話しかけづらいし、向こうにしても話しかけづらいだろう。元から積極的に雑談するような仲ではなかったものの、最近は特に会話をしていない。

「……深い意味があったとは考えないの？」

作業が終わると、絵里が言った。プランターを両手で抱え、真っ直ぐに俺の目を見ている。

「えっ」

今度は俺が驚く。

「振る為の建前なんかじゃなくて、私が本気で火影君に恋愛感情を抱いている、とは考えないの？」

「それはあり得ないだろ」

「どうして？　私じゃ相応しくない？」

「違う。逆だ。俺が不相応なんだよ。決まってるだろ」

俺は「ふっ」と鼻で笑った。

「絵里は可愛くて料理も上手だ。それに田中も言っていたが聞き上手でもある。男が望む要素を全て兼ね備えた存在。超が三つは付く程のハイスペックだ。一方の俺はどうだ？　ただのリバイバル好きに過ぎない。ここでは幸いにもいい感じに活躍できているが、基本的には冴えない陰キャラだ。それに見た目だって地味で、皇城兄弟のようなイケメンとは違う。かといって金持ちでもないし、勉強の成績も微妙。どこからどう見ても釣り合わないだろ」

自分で言っていて悲しくなる。

しかしながら悲しいことに、これこそが事実だ。

絵里に釣り合うのは、皇城兄弟のような才色兼備の人間だろう。

「そんなことないよ」

絵里が首を振った。

「火影君はしっかりしているし、凄くカッコイイじゃん。それに此処では頼れるリーダーだよ。そういう人間に惚れるって、女なら普通のことだと思うけど。違うかな？」

「はは、嬉しいことを言ってくれるぜ。なら実際はどうなんだ？　田中に言ったことは建前じゃないとでも言うのか？　本気で俺に恋愛感情を抱いているとでも言うつもりか？」

絵里の答えは分かりきっていた。

「さすがにそれはない」

間違いなくそう答えるだろう。

――と、俺は思っていた。

「うん、火影君に恋愛感情を抱いているよ」

実際には違っていた。

「へっ」

固まる俺。頭が真っ白になる。

「ハ、ハハハ、まただ、面白いご冗談を」

「冗談なんかじゃない。私は本気で火影君が好きなの」

「……まじ？」

絵里はプランターを置き、俺との距離を詰める。

そして俺の手からプランターを奪うと、それも地面に置いた。

さらに俺を強引に押し倒し、腹の上に跨がる。

「火影君こそどうなの？」

「どうなのって……」

「私は気持ちを伝えたよ。恋愛感情として火影君のことが好き。田中君には建前で言ったんじゃない。それに対して、火影君はどう応えるの？　自分には分不相応だと思っていた私が告白したんだよ？」

「えっと、その……」

思わず絵里から視線を逸らす。頭の中が混乱している。言葉が浮かばない。

「俺は……」

そこで言葉を句切った。

ぐちゃぐちゃになった脳内を落ち着かせる。

それから率直な気持ちを言う。

「気持ちは嬉しいけど、そういう風な目で見たことは」

「でしょ？」

絵里が俺の言葉を遮った。

「火影君は私に対して恋愛感情を抱いていない。他の女子に対しても同じ。誰のことも特別視していない。分かっているの。ずっと見てきたから分かっている。だから言わなかったの。気持ちを伝えたところで受け入れてもらえないのが分かっていたから」

絵里の目が微かに潤んでいる。

「それにこういう環境で恋愛に耽るなんて論外でしょ？　どう転んでも他の人に迷惑をかけることになる。仮に交際することになってそれが順調に進んだとしてもね。破局を迎えようものならもっと酷い」

「だな」

「だから、私は火影君に今以上のことを求めない。今は身体だけの関係でいようよ」

絵里が両手で俺の体を撫でる。右手は胸を、左手は股間に触れている。

「私達は島を生き抜く為の仲間であり、ムラムラした時には手助けし合うパートナー。恋人じゃない。どちらかと言えばセフレみたいなもの。日本だとありえない関係だけど、この島ではこの関係こそがベストなんだと思う。だから、今はそれでいいでしょ？」

「あ、ああ。そう言ってくれると助かるよ」

「日本に帰ったらきっちりアタックするから。自分の魅力をもっとアピールして、デートもして、改めて正式に告白するから」

絵里は立ち上がると、俺に向けて手を伸ばしてきた。

俺はその手を掴んで立ち上がる。

「帰ろっか、火影君」

「……そうだな」

俺達はプランターを持ち、アジトへ向かって歩きだす。

道中では絵里が話しかけてきたけれど、内容は覚えていない。

自分がどう答えたかも覚えていない。

(絵里が俺に惚れているってマジかよ)

(こんな可愛い子の告白に応えないなんてアホ過ぎだろ)

俺の脳内では、そんな言葉が延々と繰り返されていた。

【家庭菜園】

プランターはアジト内にある湖の近くに設置した。

吹き抜けになっているから陽光が差し込むし、湖の傍なので水やりもしやすい。海から吹く風に煽られる心配もなかった。

「水やりは朝にのみ行うこと。おそらく一ヶ月半かそこらで最初の花が咲き、そこからさらに二ヶ月もすれば収穫が可能になる」

設置したプランターを眺めながら、皆に世話の仕方を説明する。

水やりは一日一回でいい。交代しながらやっていく予定だ。

「で、これは育ったら何になるんよ？」

尋ねてきたのは亜里砂だ。

俺以外、何の種を蒔いたか知っている者はいない。あえて内緒にしていた。

とはいえ、既に理解していそうな者もいる。花梨とソフィアだ。二人は家庭菜園の経験がある。あと、ソフィアの警護を務める天音も知っていそうだ。

「ヒントはこの棒さ」

プランターには木の棒が突き刺さっている。

「この棒は支柱だ。作物が育ってくると、この棒に主枝を結び付ける。そうしないと真っ直ぐ伸びなくて品質が劣化するわけだ」

「つまり実が重いってこと？」と愛菜。

「その通り」

「茄子かな？」

「ハズレだが、なかなか良い線を突いているぞ」

茄子も支柱で固定する。

愛菜の回答はかなり惜しいと言える。

「焦らすのはそこまでにして早く答えを教えろよー！」

亜里砂が急《せ》かしてくる。

俺は「仕方ないな」と苦笑いを浮かべた。

「正解はトマトだよ」

花梨やソフィア、それに天音は「やっぱり」と言いたげな顔。

「「トマト!?」」

他の連中は声を弾ませた。

特に嬉しそうなのは、我がチームの総料理長を務める絵里だ。トマトは様々な料理に使える
から妄想が膨らむのだろう。既に色々なレシピを考えていそうだ。

「トマトは家庭菜園の初心者でも簡単に作れるからな。覚えることが少ないし、それほど手間
暇を掛ける必要もない。なにせ朝に水をやれば、あとは基本的に放置で済む」

「中盤以降はわき芽を摘む作業もありますが、それも簡単ですわ」

ソフィアが補足してくれる。

なにかと忙しい俺達にとって、トマトは最適な作物と言えるだろう。

「収穫は今から約四ヶ月後。今は八月二十日だから、十二月末が収穫期ということになる。このまま日本と似た気候で変遷していけば、収穫期の辺りから冬が本格化し始めるだろう。健康面の配慮から外出の機会が減り、今よりも保存食に頼る頻度が増えているはずだ。そんな時にトマトがあれば、料理の彩りやバリエーションが豊かになってニッコリできるぜ」

「それまでに日本へ帰れたらいいんだけどなー！」

亜里砂が冗談ぽく言う。

「それは言わないで約束でしょ！」

愛菜は手の甲で亜里砂の胸を小突いた。

亜里砂の豊満な胸は、その手をボヨンと弾く。

俺を含めた野郎共は、「おほぉ」と間抜けな声を漏らす。

そして――。

「見るんじゃねぇ、変態共！」

亜里砂からゲンコツをおみまいされるのだった。

◇

水路作りは想定を遙かに上回る速度で進んだ。

初日の作業終了時、皆に「明日から明後日には終わるだろう」と言っていたが、それは作業ペースを維持できたらの話だ。実際にはもっとかかると見ていた。最短でも三日、おそらく四・五日はかかるだろう、と。ゲームと違って肉体労働を同じペースで続けるのは困難だからだ。

しかし、実際には二日目の夕方に終了していた。

一番の功労者は間違いなく天音だ。

彼女が手刀で竹を伐採しまくったことが大きかった。他の人間が青銅製のノコギリをギコギコするのに対し、彼女はスパッと手刀一閃で竹を伐採する。これがゲームなら「チート」と呼ばれているだろう。

天音のチートを最大限に活かすべく、二日目は作業の分担を変更した。

伐採組は天音とソフィア、それにマッスル高橋の三人へ。伐採自体は天音が一人で行い、マッスル高橋は伐採後の運搬係だ。ソフィアは水路組が使い潰した鍬の修理を担当した。

人員が増えたことで、水路組の作業効率は大幅にアップした。

特に活躍したのは二日目から水路組に加わったオタク界のホープこと田中万太郎――ではない。マッスル高橋だ。

高橋は竹筒を運搬した後、しばらく水路組の作業を手伝ってから、天音とソフィアのいる竹林へ戻っていた。天音の伐採速度が異次元過ぎて、そうでもしなければ竹筒が余る一方だったのだ。

昼過ぎには天音とソフィアも水路組に加わった。必要な分の竹を伐採し終えたからだ。

こうして皆で水路作りに努めた結果、あっという間に完成した。

◇

水路となる竹筒は、原則として土の中に埋まっている。

数少ない例外は入口と出口のみ。川の中にある入口と、耕作予定地の前にある出口だけは剥き出しになっていた。

「見た目はいい感じだ」

まだ竹筒に川の水を通していない。入口にあたる川の部分に竹筒を設置していないからだ。

川の水を通す前にするべきことがあった。

「残すは仕上げだな」

今の状態で川から水を引くと、無限に水が溢れてしまう。

そうならないよう、竹筒に蓋を設ける。

その為の作業は非常に簡単だ。

出口となる竹筒に切れ込みを入れて、そこに板を嵌め込むだけでいい。その板が手上げ式の水門と化す。アジトの風呂と同じ技術だ。

今回は青銅製の丸い板を使う。皆が水路を作っている間にこしらえておいたものだ。事前にサイズを測っていた為、竹筒の穴がピタッと塞がった。

「これで水路の水を自由に調整できる」

「こんな板、いつの間に作っていたの？」

芽衣子が尋ねてきた。他の皆もこの場に揃っている。

「昨日だよ。俺だけアジトで作業していただろ？　あの時に作った。陽奈子にも少し手伝ってもらったんだぜ」

「はい！　手伝いました！」

陽奈子は両手に拳を作り、嬉しそうに言った。

「あとは水を通して確かめるだけだな」

全員で川に移動する。

到着すると水路の入口部分にあたる竹筒を設置した。

川の水が竹筒の中へ流れ込んでいったのだ。

その瞬間、全員から歓声が上がった。

「「おおー」」

「無事に出口まで流れてくれるといいが、どうなるかな」

川に来たばかりだが、Uターンして耕作予定地へ戻った。

既に日が暮れ始めていることもあり、行きに比べて駆け足だ。田中が「もう少しペースを落とすべきでござる」などと弱音を吐いたので、むしろペースを上げることにした。

「よし、成功だ！」

出口となる竹筒から水が流れていた。

川の水だけではない。小魚まで流れてきた。

(魚やゴミが筒の中に詰まらないよう、入口の筒に網を張っておくか)

冷静にそんなことを考える俺。

他の皆は「うおおおお」と歓声を上げている。

「すげぇ！　本当に水が流れてる！　魚まで！」

亜里砂が叫んだ。

「拙者達、重機を使わずに水路を作ったでござるよ！」

田中も興奮している。

「凄いでやんす！　篠宮殿が本当に水路を作ったでやんす！」

「俺が作ったっていうか、みんなで作ったんだけどな」

竹筒から流れてくる川の水を手ですくって匂いを嗅ぐ。

特に異臭がするといったこともなかった。きっちり竹の筒が連結できている証拠だ。これなら耕作に使うことができる。

「水路はこれで完成だ。明日からは耕地を作っていく。下準備はまだまだあるが、この調子で

「頑張っていこう！」

「「「「了解！」」」」

稲作の滑り出しはこの上なく順調だ。

耕地の完成が今から楽しみでならない。

（本当に良い仲間をもったな、俺は）

嬉しそうに笑う皆の顔を見て思った。

（白夜が俺達の生活を知ったら発狂しそうだなぁ）

順風満帆な俺達とは違い、皇城チームは壊滅的な状況だ。

影山の報告によると、皇城チームには風邪が蔓延しているとのこと。先の大雨が未だに尾を引いているわけだ。

風邪の蔓延自体は想定通りだったが、現状は想定以上に深刻な様子。大雨に耐え抜いて元気だった者ですら、風邪が感染《うつ》ってダウンし始めている。当然ながら食料はまともに調達できておらず、栄養失調に陥る者が続出していた。もはや彼らの文明が滅亡するのは時間の問題だ。

（もっとも、俺達は俺達で不安があるのだが……）

稲作は好調で、皇城チームも自滅している。

それでも、俺達には重大な懸念材料が残っていた。

それは――。

「今日も帰ってこなかったな」

「心配でござるな……」

「彼が旅立ってから何日目でして？」

「八日目でございます、お嬢様」

——水野泳太郎が帰ってきていないことだ。

今日も戻ってこなかった。

『もし二週間経っても戻らなかったら、その時は計画の見直しを』

水野の言葉が脳裏によぎる。

まだ二週間は経っていない。だから戻っていなくてもおかしくはない。

それでも……。

（なんだか嫌な予感がするな）

なんとなく、本当になんとなくだが、俺は思う。

おそらく水野は戻ってこないだろう、と。

そこに合理的な理由はない。完全な勘だ。仲間の無事を信じないなんて最低極まりない。自分でもそう思う。だが、俺の勘は悲観的な意見を覆そうとしなかった。

そして、残念なことに俺の勘はよく当たる。

（今回だけは勘が外れるといいが……）

水野が無事に帰還することを祈りながら、この日の活動を終えるのだった。

【耕地とイネと】

三十四日目。八月二十一日、水曜日。

今日も可能な限りの人員を割いて稲作の準備を行う。

今回の作業は耕地作りとイネの採取だ。

朝食後、アジトで指示を出した。

「まずは耕地作りから。亜里砂、花梨、田中、マッスル高橋、影山は土を耕してくれ。具体的な方法については花梨が知っているから、彼女の指示に従うように」

「うひゃー、こっちは野郎ばっかかよ！」

亜里砂がおったまげる。

「仕方ないよ」

花梨が口を開く。

「耕地作りは肉体労働だからね。亜里砂なら男子にも負けないと火影は判断したんだよ。よかったじゃない」

「なるほどなぁ！　そういうことだったかぁ！」

花梨のとってつけたような説明で気を良くする亜里砂。

「まぁそれもあるのだが……」

俺は苦笑いで言う。

「女が花梨だけだと、花梨が可哀想だと思ってな」

「つまり私は花梨の男除《よ》けってか!?」

「そんなものだ」

「ひっでぇ！　でもいいよ！　花梨は私が守ってやらぁ！」

「ふふっ、頼もしい。期待しておくね」

花梨が小さく笑った。

(理由はもう一つあるんだけどな)

亜里砂を野郎ばかりのチームに入れた最大の理由。

それは野郎共の士気を上げる為だ。

本人は気づいていないようだが、彼女は男子からの人気が高い。持ち前の明るさと気さくさがその理由だろう。恋愛感情としてではなく、姐御のような感じで慕われているのだ。

亜里砂が一緒なら、男子のやる気が高まることは確実である。

「グフフ、二子玉殿、新見殿、よろしくでござるよ」

「田中ぁ、てめぇ、すっかり元気になってやがんなぁ！　ようやく絵里より私のほうがイイ女ってことに気づいたかぁ？　おいおいおい！」

何故か田中にヘッドロックを決める亜里砂。

田中は鼻の下を伸ばして気味の悪い笑みを浮かべている。亜里砂の胸が顔に当たっているからだろう。とても嬉しそうだ。

それを見た影山と吉岡田が「羨ましい」と呟く。どちらも勃起していた。

「次にイネの採取だが、これは愛菜、絵里、吉岡田、陽奈子の四人に頼む」

「かまわないけど、イネってどこにあるの？」と愛菜。

「それは俺が案内するよ。自然の陸稲《おかぼ》は既に見つけてある」

「おかぼ？」

「陸《りく》に稲《いね》と書いて『おかぼ』だ。『りくとう』とも言う」

「ほっへぇ」

愛菜が間の抜けた声を出す。

「篠宮さん、流石です！」と陽奈子。

彼女は声を弾ませるだけでなく、拍手もする。

その反応に皆が驚き、陽奈子に視線を向ける。

陽奈子は顔を赤くして恥ずかしそうに俯いた。

「で、陸稲ってなに？」と愛菜。

「陸稲っていうのは――」

俺がそこまで言った時、別の人物が横から口を挟む。

「イネの畑だよ」

言ったのは絵里だ。

「知っているのか」

驚く俺。

花梨ならまだしも、絵里が知っているのは予想外だった。

「二年の時に受けた漢字検定で陸稲の読み方が出題されたの。で、リクイネって書いて間違っちゃった。だから覚えていたの。意味もその時に調べて」

「なるほど」

俺達の学校では、年に一回、資格試験を受けさせられる。漢検や英検といったメジャーなものから、よく分からないものまで色々と。ちなみに、資格試験における俺の成績は悪いほうだ。

「そんなわけで、陸稲からイネの採取を行ってもらう」

「「了解！」」

「ああ、そうそう。愛菜、よければ猿軍団に罠の更新を頼めるか？　ウサギ用の落石トラップがしばらく放置されっぱなしだからな」

「それなら問題ないよ」

「問題ない？」

「罠の更新については既に躾けておいたから。罠に掛かったウサギの処理も教えてあるし、あえて指示する必要はないの」

愛菜が視線を陽奈子に向ける。

「先日、陽奈子ちゃんにウサギの皮を渡したでしょ？　あれはリータ達が剥いで持ち帰ったものよ」

陽奈子が首を縦に振る。

「本当に素晴らしいな、愛菜と猿軍団は」

軍団長のリータには、以前、頭に小便をかけられたことがある。あの時はぶち殺してやろうかと思ったけれど、それも過去の話だ。今ではリータ様々である。おかげさまで快適さが格段に跳ね上がっていた。

猿軍団には頭が上がらない。

「なら猿軍団には今まで通りウサギの調達をお願いするよ」

「りょーかい」

これで残すはソフィアと芽衣子、それに天音だ。

「芽衣子には手芸を専門的にやってもらう。ソフィアも基本的には芽衣子と一緒だが、状況に応じて別の作業も頼む。細かいことは自身の判断に任せるよ」

「了解」

「かしこまりました」

「天音は俺と一緒に合鴨の捕獲だ」

「承知した」

天音に対する指示を聞いて、絵里が不安そうに俺を見てきた。

「私、合鴨を捌いた経験なんてないよ？」

「「合鴨を捌いた経験ならあるから気にしなくていい」」

俺と天音がハモる。

俺達は互いに驚いた顔を向け合った。

「天音、合鴨を捌けるのか」

「最低限の食用としてバラすくらいだがな」

「それも戦闘訓練の一環で身に着けたのか？」

「そうだ」

「流石だな」

「なら問題ないね」と絵里が頷く。

「ま、合鴨は捌く為に捕獲するんじゃないけどな」

俺は笑いながら言った。

「そうなの？」

捌くと思い込んでいた絵里は目をパチクリさせている。

「正確には合鴨の雛を耕地となる水田に放つわけだ」

「合鴨を耕地に放つの？　なんで？」

「雑草や害虫を食ってくれるのさ。農薬要らずで質の高い作物ができるわけだ。いわゆる合鴨農法と呼ばれるものさ」

「合鴨にそんな利用方法があるんだ!?　凄ッ！」

「火影って本当に博識だねぇ」と花梨も感心している。

「サバイバル能力を高める過程で身に着けた知識さ。実際に合鴨農法をした経験はないから、上手くいくかは分からない。だが大丈夫だろう。ただ雛鳥を放つだけなんだから」

「作物が出来上がったあとの合鴨はどうするの？　いつまでも雛鳥ってわけにもいかないし、成長しているよね？」

芽衣子が当然の疑問を口にする。

それに対し、俺も当然の回答を述べた。

「もちろん食べるぜ」

「「「ですよねー」」」

皆が苦笑いを浮かべる。

「なんだか可哀想」と呟いたのは絵里だ。

だからといって、「食べるなんて駄目だよ」とは言わない。可哀想だから食べない、などという甘えが通用する世界ではないと分かっているのだ。

「話は以上になるが、なにか異論はあるかな？」

皆は静かに首を振った。異論はない。

「よし、それでは作業開始だ！」

からっとした天気の中、俺達はアジトを飛び出した。

◇

「あんっ……あんっ……あぁぁ……そこぉ！」

朝倉洞窟に嬌声が響く。

声の主は――天音だ。

冷たい岩肌の上に、彼女は全裸で仰向けになって股を開いている。

そんな彼女に覆い被さる俺もまた全裸だ。彼女の膣に挿入された我がペニスは、今日も悦びの声を上げている。

俺と天音はセックスに耽っていた。

合鴨の捕獲には大した時間がかからないので、作業の前に気持ち良くなっていこうという話になったのだ。たまには息抜きも必要ってね。

「やはり生は格別だな……」

俺は激しく腰を振り、何度も何度もペニスを突き上げていく。二〇センチを超えるビッグボーイが、天音の子宮にグリグリと押し当てられる。

その度に天音は喘いだ。目は虚ろで、口は半開きとなり、頬や髪に涎が付着している。既に何度も絶頂に達しており、もはや何回イッたのか分からない状態だ。

「もっと愉しみたいが……そろそろ出さないとな……」

俺は天音の両耳に手を添えると、彼女の髪をわしゃわしゃと激しく乱した。

「ああっ……いい……！　いい！」

犬のように舌を出す天音。

俺はその舌に唇を当て、乱暴に吸い付く。

貪るように彼女の全てを味わった。

「中に出すぞ」

激しく腰を振りながら言う。

天音は恍惚とした表情で何度も頷いた。

「「はぁ……はぁ……はぁ……」」

互いの熱い息がこぼれる。射精の時がやってきた。

その瞬間、天音の膣がギュッと締まる。更に力の失われていた四肢が動き、強い力で俺に抱きついてきた。射精するまで離さない――そんな意思が感じられる。

「出すぞ！」

天音の子宮にペニスを押し当てた状態で、俺は射精に至った。急速に硬さを失いつつあるペニスを通じて、彼女の中に精液が広がっているのを感じる。

究極とすら言える程の快感と満足感が俺を支配する。全身の力が、溜まっていた疲労が、内に秘めていた性欲が、一瞬にしてどこか彼方へ消えていく。まさに極上の気分だった。

「たまんねぇ……」

俺は天音にキスすると、彼女のおっぱいにしゃぶりつく。彼女の胸の谷間には汗が溜まっていて、激しいセックスのあとが窺えた。

ビンビンに勃った乳首を舌の上で転がしながら、そっとペニスを抜いていく。

「ふぅ」

俺は天音の隣に寝転んだ。背中に当たる岩肌は、ひんやりしていて心地よい。欲を言えばベッドのような柔らかさがあれば最高だ。

天音が静かに抱きついてくる。俺の首筋に軽くキスしてきた。

「あー、一気に来たなぁ」

射精が終わってしばらく経つと、急激に眠くなってきた。とてつもない眠気で、気を抜くとこのまま寝てしまいかねない。それに、全裸の天音を見ても性欲が復活しない。

賢者モードの到来だ。

「寝ちまう前に合鴨を捕まえないと……」

俺は天音に唇を重ね、サッと立ち上がった。

全身の汗を手で払い落とし、乱雑に脱ぎ捨てた服を拾って着る。

(ピロートークをしないとは我ながら酷い男だな)

しかしながら幸いなことに、天音はこちらの気持ちを理解していた。

彼女も俺と同じように服を着始めたのだ。特に怒る様子もない。

どちらもすぐに着終えた。着ているのが制服ではないからだ。朝倉姉妹が作ってくれたアカソの服である。貫頭衣を基本とした簡易な物なので、着脱の手間がかからない。

「気持ち良かったぞ、篠宮火影」

天音の言葉遣いがいつもの調子に戻っている。

それによってセックスが終わったことを再認識した。

「こちらこそ、今日も最高だった」

「それでは合鴨のところまで案内しよう」

「分かった」

天音を先頭にして洞窟を出ようとする。

「待ってくれ」

しかし、歩き出した瞬間に気づいた。

「どうした？」

振り返る天音。

「天音、脚に」と天音の太ももを指す。

「脚？　――ああ」

天音も気づいた。右の太ももから俺の精液が垂れていることに。

「これは不格好なところを見せてしまったな」

そう言うと、天音は人差し指で精液をすくい取り、ペロリと舐めた。

「では行こうか」

「おうよ」

楽しい息抜きの時間も終わり、いよいよ合鴨の捕獲だ！

【合鴨の捕獲】

天音に案内されて、鷲嶺洞窟——ソフィアと天音の目覚めた場所——の近くにある湖へやってきた。

ファンタジー小説に出てきそうな幻想的な湖だ。辺りは静寂に包まれており、風に撫でられた木の葉の揺れる音ですら響いて聞こえる。

合鴨はそこに棲息していた。

マガモでもアヒルでもない。れっきとした合鴨だ。

「いいか天音、最後尾の奴から捕獲していくんだぞ」

合鴨の捕獲を始める前に説明する。

「どうして後ろからなのだ？」

「前の奴がいなくなったらびっくりして逃げまくるからな。後ろからそっと捕まえたらバレないで済む」

「なるほど、暗殺と同じだな」

合鴨は楽しそうに湖を泳いでいる。親鳥を先頭にして、その後ろを無数の雛鳥が続く。実に可愛らしい光景だ。

この湖に棲息する合鴨の数は約一〇〇羽。見たところ、複数のグループに分かれているようだ。

それらを全て捕獲する必要はない。それに、一〇〇羽近い数の合鴨をたった二人で持ち帰るのは困難だ。

今回は一グループだけ頂くことにした。

まずは俺がちょいちょいと巧みに親鳥をおびき寄せる。親鳥が俺に近づくと、つられて雛鳥も近づいてくる。それを天音が静かに捕獲していく。

捕獲した合鴨は、俺の背負っている竹の籠に入れられた。籠自体はそれなりに大きいものの、放り込まれた大量の雛鳥にとっては窮屈に感じるだろう。心の中で「狭いところにぶちこんでごめんよ」と謝っておく。

「こんなものだな」

今回は十七羽の合鴨を捕獲した。その内の二羽は親鳥だ。

「どうして親鳥も捕まえたのだ？　食べるのか？」

天音が尋ねてくる。当然の疑問だ。

「いいや」

俺は首を横に振った。

「試しに飼育してみようと思ってな。上手くいけば新たに産卵する可能性がある。そうなれば、わざわざここまで捕獲に来る必要がなくなるわけだ。これも自給自足に対する取り組みだ」

「そういうことか、賢いな」

作業が終わると、俺達は足早にアジトへ向かう。

籠の中で喚き散らす合鴨達を一秒でも早く自由にしてやりたい。人間もそうだが、動物だってストレスを与えるのはよろしくない。しっかり働いてもらうにはストレス管理に気を配ることが大事だ。

帰路に就いてしばらくの間は順調だった。互いに余計な会話をすることなく、淡々と来た道を戻っていく。「早く籠から出してくれ」とでも言いたげな合鴨の大合唱だけが響いていた。

そこに待ったを掛ける事件が起きた。

それは朝倉洞窟が近づいてきた時のことだ。

「――――！」

気づいたのは天音だ。

彼女は急に立ち止まった。表情が険しくなっている。漂う雰囲気もピリピリしたものに変わった。何かを察知したようだ。

戦闘の素人である俺にすら、彼女が臨戦態勢に入ったと分かった。

「どうした？」

俺も足を止める。

「今の音、聞こえなかったか？」

小さな声で言う天音。

「俺には背中で喚く合鴨の声しか聞こえないが……」

俺だって油断していたわけではない。サバイバルマンを自称する人間として、常に最低限の警戒レベルは保っている。

それでも、天音が言う「音」は聞こえなかった。

「何が聞こえた？」

「銃声だ」

「銃声だと!?」

全身を雷に打たれたような衝撃が走った。

俺の知る限り、この世界で銃を所持している人間は三人しかいない。

ソフィアと皇城兄弟だ。

ソフィアが銃をぶっ放すとは考えづらい。そもそも、彼女の銃は今、天音が厳重に管理している。

すると答えは一つだ。

「皇城兄弟が撃ったのか」

「そう考えて間違いない」

天音曰く、銃声は皇城チームの拠点がある丘の方向から聞こえたとのこと。

「篠宮火影、偵察してきてもいいか？」

「もちろんだ。だがマスクは怠るなよ。まだ風邪が蔓延しているはずだ」

「大丈夫だ。マスクなら持っている」

天音は懐からマスクを取り出して装着した。

「夕方には戻る」

次の瞬間、天音の姿が消えた。

（いつの間にあんなところへ……!?）

よく見ると、天音は木の上を移動していた。猿のように枝から枝へ飛び移っていく。まるで地上を走っているかのような速度だ。もしかすると猿より速いかもしれない。

「なんつー動きだよ……」

天音の人間離れした動きに驚愕する。

それと同時に安心した。あれほどの動きができるのなら、万に一つも下手を打つことはないだろう。単独行動なので最大限の力を発揮できるのも大きい。

「皇城チームの動向は気になるが、俺は俺の作業に専念しないとな」

俺は一人で帰路に就いた。

◇

俺が戻った頃には耕地が完成していた。
眼前に約五アール――五〇〇平方メートル――の田んぼが広がっている。

「おかえり、火影」

花梨が駆け寄ってきた。耕地作りの指揮を執っていたのが彼女だ。

他の耕地作りを担当した者達も近づいてくる。

俺は花梨に「ただいま」と返し、籠から合鴨を出していく。

「うおー、合鴨じゃん！　食おうぜ！」

舌を舐めずりながら声を弾ませるのは亜里砂。

「いやいや、食わねぇから」と俺は苦笑い。

そして、視線を花梨に向ける。

「炭酸カルシウムのばら撒きも終了したか？」

炭酸カルシウムとは貝殻を砕いた粉のこと。肥料になる。

「ばっちりだよ」

花梨は頷き、「それと」とアジトに目を向ける。

「イネ組の方も作業を終えていると思う。さっき愛菜達がアジトへ戻っていくのを見かけたから」

「分かった」

改めて思った。この場を花梨に任せたのは正解だったな、と。

イネ組の動向を知らせてくれる等、小さな気配りがありがたい。

「ところで火影、天音は？」

「天音は急遽、皇城チームの偵察に向かった」

「何かあったの？」

俺の「急遽」というワードによって、場に緊張感が生まれる。

「銃声が聞こえたんだ」

「「「銃声!?」」」

驚く一同。全員の目玉が今にも飛び出しそうになっていた。

「俺には聞こえなかったけどな。だから、状況を見極める為に偵察をしてもらっているところだ。天音なら問題ないだろう」

俺は話を切り上げた。

「それより水を入れるぞ。田中、頼めるか」

「了解でござる！」

田中は水路の出口となる竹筒へ向かう。

「水門を開くでござるよ！」

そして、竹筒に挟んだ青銅の円板を外した。

その瞬間、竹筒からジャボジャボと川の水が流れ出した。花梨達の作った田んぼに水が溜まっていく。

そこへ合鴨の雛を送り込む。今まで不満そうにしていた雛鳥達が優雅に泳ぎ始めた。ただ、進む方向が定まっていない。見慣れぬ場所だからだろう。

二羽の親鳥は籠の中に戻した。

「花梨、コイツらをアジトの湖へ連れて行ってくれ」

親鳥が入った籠を花梨に渡す。

「湖で放せばいいのね？」

「その通り。あそこなら管理と飼育が楽だからな」

「了解」

花梨は籠を背負うと、一足先にアジトへ向かった。

「影山と田中は雛鳥が田んぼから逃げないようにしてくれ。田んぼの外へ向かおうとしたら、足や手で道を塞いでUターンさせるんだ。田んぼに水が溜まりきるまでその作業を頼む」

「了解でござる！」「了解でやんす！」

「マッスルと亜里砂は別の畑作りを頼む。田んぼから少し離れたところに、田んぼと同じ要領で耕地を作ってくれ。此処は水田だが、新しく作るのは畑にする。夕食になったら切り上げてくれてかまわない」

「はいよ！」「任せるでマッスル！」

指示を更新すると、俺はイネ組の待つアジトへ向かった。

◇

アジトには大量のイネが用意されていた。

こちらも優秀な仕事ぶりだ。

「こんなもんでオッケー？」

愛菜が作業の成果について確認してくる。

「十分だ」

「このあとは脱穀だよね？」と絵里。

「だな」

「脱穀ね、先にやっておこうか迷ったの。でも、よく分からないし、念の為に火影君が戻るのを待っておくことに決めたの。やっておいたほうがよかったかな？」

「道具の使い方が分かるなら先にやってもよかったけど、分からないなら待っておくのが正解かな」

「なら待っていて正解だね。私達、誰もアレの使い方を知らないから」

絵里が言う「アレ」に、俺とイネ組の面々が注目する。離れたところで手芸に勤しむ芽衣子とソフィアも見ていた。

「ねぇ、アレって前々から用意していたの？」

愛菜の問いに「まさか」と笑って首を振った。

「昨日の昼に作ったんだよ。材料は揃っていたからね」

「凄い！　流石です、火影さん！」

陽奈子が両手を合わせて歓声を上げる。

彼女はいつの間にか、俺のことを「火影さん」と呼んでいた。たしか少し前までは「篠宮さん」だったはず。その変化に親密度の上昇を感じた。

「原始的な物だから、使い方と言っても見た目通りなんだけどな」

そう言うと、俺はアレの横に立った。

そして、アレの名を口にする。

「〈千歯扱き〉の使い方なんてのはさ」

突貫で作った脱穀の為の道具——それは千歯扱きだ。

【千歯扱きと選別】

千歯扱きは江戸時代に発明された農具だ。

土器や石器、それに青銅器など、これまで縄文時代や弥生時代の技術を中心としてきた俺達にとって、千歯扱きは超最先端の農具と言える。

千歯扱きの使い方はとても簡単だ。

歯のように並んだ無数の棘にイネを挟み、思いっきり引くだけ。すると、種籾《たねもみ》がボロボロと落ちる。種籾の落ちる場所に籠でも設置しておけば、その後の手間も省けるだろう。

使い方もさることながら作り方も簡単だ。

木材を千歯扱きの形——三角形——に組んだ後、頂点部分に棘を付けると完成だ。一般的な千歯扱きの歯は鉄を使うが、この場に鉄はない為、青銅で代用することにした。

棘は垂直ではなく、前方に向けて傾けるのがポイントだ。また、底の部分には踏み台となる板を付けておく。舟のオール漕ぎと同じで、千歯扱きも全身の力を使って作業をする方が楽なのだ。

「こうしてイネをセットしたら、後は一気に引く！」

説明しながら千歯扱きを使う。

「「「おおー」」」

江戸時代に考案された効率的な脱穀に皆が感心する。

「なんか今の脱穀してるとこ、時代劇で見たことがあるかも」と絵里。

愛菜がすかさず「それな！」と反応する。

「あたしも思った！　なんか時代劇で見たことあるなぁって！」

カーストの頂点に君臨するリア充女子が時代劇を視聴していたとは……。

俺はそのことに驚いた。

「千歯扱きは今のところ一台しかないし、脱穀作業は俺がやるよ」

「あたし達はどうすればいいの？」

「愛菜は猿軍団と共に素材各種の調達を頼む。特に青銅が底を突きそうだ」

「りょー！」

愛菜は敬礼すると、アジトから走り去った。

波の音に紛れて「ウキキィ」という猿の声が聞こえてくる。猿軍団を呼んだのだろう。

（あの猿軍団、普段はどこで待機しているんだ……？）

猿軍団は神出鬼没だ。

愛菜が呼ぶと、どこからともなく現れる。で、任務が終わると華麗に去っていく。愛菜が言うには「普通に集まって、普通に解散してるだけ」とのことだが、どう見たって普通ではない。

ま、素晴らしい働きぶりだからなんだってかまわない。ウチは成果主義だ。

「陽奈子は手芸を頼む」

「分かりました、火影さん！」

「絵里はいつも通り料理を」

「任せておいて」

「吉岡田、お前は絵里のサポートをしろ。それが終わって時間が余っていたら設計図に取りかかっていいぞ」

「了解です！　頑張ります！　どうぞ！」

各々が作業を開始する。

「さて、残りの脱穀も頑張るか」

俺は引き続き脱穀を行う。

代わり映えのしない作業を無言で続ける。延々と。

（思ったよりも疲れるな……）

千歯扱きによる脱穀は、想像以上に力を必要とした。

元々そういう物なのか、それとも何か構造に欠陥があるのか。千歯扱きに関する知識が乏しいせいで、適切な判定を下すことができない。

千歯扱きを作ったのは今回が初めてだし、使うのもこれが初めてだ。

俺のサバイバルに関する経験は、長期休暇中に参加した無人島サバイバルツアーによって培われたもの。

だが、無人島サバイバルツアーで稲作をすることはなかった。ツアーは長くても数日から一週間で終わる為、稲作のことなど話題にも上がらない。

「篠宮様、私にもやらせてくれませんか？」

千歯扱きをどうにか改良できないものかと考えながら脱穀していると、ソフィアが話しかけてきた。

俺は最初、やらせての意味を「ヤラせて」と誤解した。そのせいで軽く勃起してしまい、恥ずかしくなる。自分を客観視すると情けない限りだが、男子高校生の性欲とはそういうものだから仕方がない。

「いいよ、いくらでもやってくれ」

ソフィアに千歯扱きを譲る。

（助かったぁ！）

心の中で盛大なガッツポーズを決める俺。千歯扱きの作業は、俺にとってかなり過酷だったのだ。

想像以上に力が必要なこともそうだが、なによりも腰が痛かった。誰でも使えるようにと低めに設計したのが原因だ。

作業中は腰を曲げざるを得なくて、それが腰に負担を与えていた。かといって、「脱穀は俺がやるよ」などと言ってしまった手前、「腰が痛いから交代してください」と頭を下げるのはあまりに恥ずかしい。

ソフィアが千歯扱きに興味を示してくれたことは、まさに僥倖であった。

「千歯扱きの使い方は分かるな？」

「もちろんですわ」

ソフィアは俺よりも背が低い。陽奈子と同じくらいだから、おそらく一五〇センチかそこらだろう。

千歯扱きの高さは、そんな彼女の身長に適していた。

「楽しいですわね」

ギコギコ、ギコギコ。

ソフィアが嬉々とした表情で脱穀を行う。

その間、俺は背中を後ろに反らせて、必死に腰をいたわっていた。

「手芸は合わなかったのか？」

それとなく訊いてみる。

ソフィアには手芸担当として育ってもらいたい。もしも手芸が合わないとのことであれば、今後の計画を改める必要がある。

「いえ、そんなことはありませんわ」

俺は「ホッ」と安堵した。

「ただ、たくさんのことを経験したいのです。地球にいた頃は、今のように好き勝手に動くことはできなかったものですから」

「マイクロンソフトの社長令嬢だもんな。なにかと大変そうだ」

「大変と言いますか……窮屈ではありました。私は本質的にワガママなのかして、色々なことに挑戦したいという欲求が強いのです。それで両親に駄々をこねて日本の学校へ転校させてもらいましたわ。それでも、なにかと制限が多くて満たされない日々を送っていましたの。失礼、愚痴っぽくなってしまいましたね」

ソフィアが転校してきたのは数ヶ月前のこと。たしか新学期が始まってすぐだったと記憶している。

「日本に来たのは史上最悪の失敗だったな」

「失敗？　どうしてですの？」

「だってこの島に転移しちゃっただろ。日本に来なければ、今頃は豪華客船の上でオレンジジュースを片手に優雅な日々を送れていたかもしれん」

「ふふっ」

ソフィアは手を口に当てて上品に笑う。

「たしかに最初は史上最悪の失敗だと思いました」

「最初は？　徐々にそうは思わなくなったのか？」

「徐々にではなく、篠宮様と出会ってからですわ」

「ほう」

「今の私は、この世界に来られて良かったと思っています。自分の力で生活できますし、仲間と協力して働くのも楽しいですわ。本でしか見たことのない作業を実際に体験できるのも素敵です。ヘイツ家の人間だからといって特別扱いを受けないのも良いことですわ。今の私、嬉しそうに作業をしているように見えなくて？」

ソフィアが脱穀をしながら俺を見る。

楽しくてたまらないとでも言いたげな笑顔だ。

「本当に嬉しそうな顔で働いているな」

俺もつられて笑顔になる。

そうこうしている内に、ソフィアは脱穀を完了させた。

「なんだかんだで残りの脱穀を全て押し付けてしまったな、すまない」

「いえ、私が無理にお願いしたことなのです。気になさらなくて」

俺は千歯扱きの前に設置した口の広い籠を確認する。

溢れんばかりの種籾が入っていた。

その籠を持ち上げて言う。

「種まきは俺がするよ。ソフィアはアジト内の作業を頼む。細かいことは任せるが、もしも嫌でなければ手芸を優先してくれ。朝倉姉妹に匹敵する手芸要員になってもらいたいからな」

「かしこまりました。では、そのようにさせていただきますわ」

ソフィアが俺に背を向けて歩きだす。

――が、数歩進んだところで止まり、こちらに振り返った。

「篠宮様、私の話し方は問題なくて？」

「問題ないと思うよ。流暢な日本語だし、こうして意思疎通ができている」

「そうではありませんの。なんと言いますか、いわゆる『お嬢様言葉』になっていないか気になるのです」

「ああ。それなら少しだけお嬢様っぽい言葉遣いかもしらん」

「やはり……」

ソフィアが肩を落とす。

「なんだ？　お嬢様言葉が嫌なのか？」

「嫌ですわ。私は他の方々と同じように話したいのです」

「ふむ。なら語尾を意識するといいかもしれないな」

「どういうことでして？」

「今の『でして？』とかがまさにお嬢様言葉っぽい。例えば今だったら、『どういうこと？』と言うのが普通だ。丁寧に言いたいなら『どういうことですか？』となる。ソフィアの言う問題ない話し方の場合、語尾に『でして』と付けることは基本的にないと思う」

「なるほどですわ」

そう言った後、彼女は表情をハッとさせた。

「もしかして、今の『ですわ』も？」

「そう、お嬢様言葉っぽい話し方だ」

「な、なるほど……です」

俺は苦笑いを浮かべる。

「そんな苦しそうに『なるほど』って言う人間は初めて見たぞ」

「も、申し訳ありませんわ」

恥ずかしそうに顔を赤くして謝るソフィア。

「別に謝らなくていいよ。たぶん自分で思っている程、周りはソフィアの話し方を気にしていないと思うよ。でも気になるなら、語尾を意識して調整していくといいさ。いずれお嬢様っぽさが消えるだろう」

「かしこまりました。それでは、作業を再開させていただきますわ」

「おう」

ソフィアとの会話を終える。

俺はアジトを出て、作りたての田んぼへ向かう。

「あっ、種籾が！」

道中、海から吹く風に襲われた。慌てて背中でガードするも、種籾がいくらか飛ばされてしまう。

「なんてこった……」

悲しくなる。

その一方で、別の感情も湧き起こった。

「綺麗だ」

空を舞う種籾が、グルグルと円を描くように舞っている。

黄金色に染まる夕日と相まって、その様はとても美しかった。映画のワンシーンでも観ているような綺麗さだ。

「そうだ、忘れていた」

飛んでいった種籾を見ていて思い出す。

種籾をこのまま蒔いてはいけない、と。

といっても、現代のように苗代で育てるわけではない。

「選別作業をしないと」

忘れていたのは種籾の選別作業だ。

脱穀した種籾には優劣がある。見た目は同じに見えるけれど、品質には大きな差があるのだ。

それを調べて選別を行う。

方法は簡単だ。

俺は種籾の選別を行うべく、くるりと体を翻した。来た道を辿ってアジトへ戻っていく。

「火影君、忘れ物？」

アジトに入ると、絵里が声を掛けてきた。

俺は頷き、絵里に尋ねる。

「塩の抽出に使う土器バケツは余っているか？」

絵里が「ううん」と首を振る。

「あとで塩を作ろうと思って海水を汲んだところなの。もし必要なら海水を捨ててくるよ」

「いや、俺が欲しいのはまさに海水の入った土器バケツなんだ」

俺は土器バケツの前まで移動する。

絵里の言った通り、バケツには海水が溜まっていた。

「もらうぜ、この土器バケツ」

「いいけど、何に使うの？」

「こうするのさ！」

俺は土器バケツの中へ持っていた種籾をぶち込んだ。

「えええええ!?　そんなことしていいの!?」

驚愕する絵里。

その声に反応して、ソフィアや朝倉姉妹もこちらを見る。

「これは種籾の選別作業さ」

「種籾の選別？」

「よく見てみろ、違いが分からないか？」

俺は土器バケツを絵里に見せる。

「うーん……」

彼女は首を傾げながらバケツの中を凝視する。しきりに「うーん」とか「違いねぇ」などと呟いているが、ハッとする気配は感じられない。

「分からないようだから正解を言おう」と俺が言ったその時。

「分かった！　浮いているのと沈んでいるのがあるんだ！」

絵里が「どやぁ？」と言いたげな顔で俺を見る。

「正解だ」

種籾の優劣を見分ける方法――それは、海水に浸けるだけ。

浮いている種籾は中身がスカスカで質が低い。逆に沈んでいる物は良質だ。

だから、浮いている種籾は全て取り除く。

「選別してから種蒔きを行えば、より良い作物ができるってわけだ」

「凄い！　でも、こんなの学校で習ったっけ？」

「習ってないんじゃないかな」

「だよね。かといってサバイバルとも違わない？」

「違うと思う。無人島サバイバルツアーで種籾の選別とかしないし」

「じゃあ、火影君はどうしてこの方法を知っているの？」

「だって俺の夢は無人島で原始的な生活をすることだぜ？　生活を安定的に持続させるのに農業は必須だからな。俺にとっては、種籾の選別もサバイバルに含まれているわけだ」

「なるほどねー。やっぱり火影君は凄いなぁ」

「ただのサバイバルマンなだけさ」

話しながら、選別を終えた種籾を籠に戻す。

質の悪い種籾を取り除いたことで、籠の中には優秀な種籾だけが残っていた。

海水に浸したおかげで重みが増している。今度は風に煽られても大丈夫だろう。

「除外した不合格の種籾はどうするの？　捨てちゃう？」

「まさか。捨てるなんて勿体ない。動物達の餌にする予定だ」

俺が「捨てる」という選択肢を採ることは滅多にない。サバイバル生活ではあらゆる物を活用していく。

「さて、選別も済んだし、もう忘れものはないな」

俺はアジトの中を見渡した後、「よし」と呟いた。

再びアジトを出て、その足で合鴨のいる田んぼへ向かう。

田んぼにはいい感じに川の水が溜まっていて、立派な水田と化していた。

その水田に種籾を蒔いていく。

苗代に頼らず直接的に種を蒔く原始的な方法――いわゆる直播法だ。

◇

夕食まで残りわずか。

少し早いけれど、この日の作業は終了だ。

耕地組の面々――亜里砂、花梨、田中、マッスル高橋、影山――と、種蒔きの終わった水田を眺める。

「いい感じになったなぁ！」

亜里砂が豪快に笑う。

しかし、彼女の目は水田を捉えていない。水田を泳ぐ合鴨の群れを追っていた。しばしば舌を舐めずっている。明らかに「美味そうな合鴨だなぁ」としか考えていない。

「あの合鴨は食べ物じゃないぞ、亜里砂」

「わ、分かってるって！」

「ほんとかよ」

「ホントホントー」

棒読みだ。

やれやれ、と俺は苦笑い。

「合鴨達、逃げなくなったでござるな」

「苦労したでやんす」

合鴨に活動範囲《テリトリー》を覚えさせたのは田中と影山だ。

彼らの地道な努力によって、合鴨は水田から出なくなった。水田の端まで移動すると、くるっと方向を変えるのだ。さながらロボット掃除機が壁にぶつかった時のように。

「あとはアジトに戻って夕食だが、その前に……」

俺は待っていた。ある人物が帰ってくるのを。

「おそらくあと一〇分もすれば——って、もう戻ってきたか」

ナイスタイミングで戻ってきた。

天音だ。

彼女は銃声が聞こえたということで、皇城チームの偵察に出ていた。

「遅くなったな」と頭を下げる天音。

「そんなことないさ。むしろ想定していたより早い帰還だった」

それよりも、と本題を切り出す。

「どうだった？　皇城チームの様子は。銃声の原因は分かったか？」

「ああ、任務は完了した。銃声の原因も、何が起きたかも把握している」

天音の表情はいつもと変わらない。つまり無表情だ。

そして、彼女は表情を変えることなくさらりと言い放つ。

「発砲したのは皇城零斗だ」

「「「なんだって!?」」」

その場にいる全員が驚いた。

「白夜じゃなくて零斗なのか？」

念の為に確認する。

「そうだ」と頷く天音。

発砲したのは白夜だと思っていた。おそらく他の皆もそうだろう。

弟の白夜に比べて、兄の零斗は冷静な人間だ。おいそれと発砲するようなタイプではない。

「それで、零斗は何を撃ったんだ？　トラか？　それとも威嚇射撃か？」

「いや」

天音が首を振る。

それから、とんでもないことを口にした。

「皇城零斗が撃ったのは弟だ」

「「「えっ」」」

全員が固まる。

天音は改めて言った。

「皇城零斗は、皇城白夜を射殺した」

【緊急会議】

アジトは重々しい空気に包まれていた。

皇城零斗が弟の白夜を射殺した、との報に誰もが震えている。

夕食の前に緊急会議を開くことになった。

「私が現地に到着した時、皇城零斗は他のメンバーと共に皇城白夜の埋葬を行っていた。埋葬は丘で行われており、その際、皇城零斗は泣きながら『崩壊を防ぐにはこうするしかなかった』と言い続けていた。誰かに言っているというより、自分に対して言い聞かせているようだった。他のメンバーは皇城零斗に従っているように見えた。彼の近くには健康な男女が計二十七人いたが、殺意ないし敵意を放っている者は一人もいなかった」

天音が淡々と報告する。

おかげでおおよその事態が把握できた。

独裁者と化した白夜の暴走が、超えてはいけないラインを超えてしまったのだ。それがどういうものか具体的には分からない。おそらく塵が積もって山となったのだろう。

零斗が殺害を決意するくらいだから、よほど酷い環境であったことは容易に想像がつく。もはや零斗でも止められなかったのだろう。

「埋葬が終わると、皇城零斗はチームを率いて丘を下りた。聞こえてきた会話から、拠点の場所を変えることにしたと考えて間違いない。向かった先は丘の北だ」

「適切な判断だな。北は洞窟の数が多い。より多くのメンバーを雨風から守れるだろう。白夜が死んですぐに拠点を移すあたり、丘に拘っていたのは白夜ということか」

天音が無言で俺を見ている。

続きを話してもいいか、と顔に書いてあった。

俺は「悪い悪い」と謝り、口をつぐむ。

「北へ向かう際、皇城零斗は自身に同行するかどうかを各人に任せると言っていた。皇城白夜の時と違い、嫌ならチームを離れてくれてかまわないという考えだ。その結果、一六〇人の内、一一〇人が彼に同行した。残りの五〇人は四〇人と一〇人にグループに分かれ、方々に散っていった」

「あれ？」

違和感を抱く俺。

「皇城チームって二〇〇人ほどいなかったか？」

「私達が脱退した時は二一〇人程だったと記憶しております」とソフィア。

「すると数が合わなくないか？　二一〇人だったはずが一六〇人って、残りの五〇人はどこへ消えたんだ？　マッスルや吉岡田みたいに脱走したのか？」

これには天音が答えた。

「脱走もあっただろうが、おそらく大半が死んだと思われる」

　これも衝撃的だった。

「死んだって……」

　愛菜が両手で口を押さえる。

「やばすぎっしょ」

　亜里砂も顔が引きつっていた。

「おいおい、ソフィア達がウチに来てからまだ一〇日程しか経っていないぞ。その間に約五〇人が死ぬ？　流石にあり得ないだろ。大雨に打たれて風邪を引き、さらにそれをこじらせたとしても、この短期間でそこまで死ぬことはない」

「ふん」

　天音が嘲笑気味に鼻で笑う。

「篠宮火影にしては随分と読みが甘いな」

「なに？」

「風邪や合併症だけが死因ではないだろう。脱水症状、熱中症、飢餓……他の理由も考えられる。皇城白夜の拠点は此処ほど充実していない。平時ですら自転車操業のような生活を送っていた。そこにあの大雨が加われば、短期間で約五〇人が死んでも不思議ではない」

「たしかに……」

　言われて納得した。

　俺達が把握している限りでも、先の大雨によって、皇城チームの大半が風邪のような症状に陥っていた。天音の言う通り、平時ですらアップアップだった連中にとって、あの大雨は耐えきれるものではなかったのだろう。

「皇城零斗の性格や彼のチームが北に向かったことから、約一〇〇人に及ぶ彼のチームが脅威になることはないと私は考えた」

「同感だ」

「よって、私は別のチームを追うことにした」

「たしか四〇人と一〇人のチームが別にできたのだったな」

「私が追ったのは四〇人のチームだ。現状では皇城零斗のチームに次ぐ大型勢力であり、率いているのは三年の笹崎大輝という男だ」

「笹崎……白夜の子分だった男だな」

笹崎大輝のことは知っている。

白夜の腰巾着だった茶髪のチャラ男だ。白夜のお気に入りで、学校では「残飯処理」と称して白夜が捨てた女に手を出していた。白夜と同じで、セックスした女の数を誇らしげに語るタイプだ。

「うげぇ、笹崎！　私、あいつ大嫌い！」

いの一番に言ったのは亜里砂だ。苦虫を噛み潰したような顔をしている。

「いつもタバコの臭いが酷かったもんね」と絵里。

「私、かなりしつこく迫られていたよ。鬱陶しかったなぁ」

花梨も表情を歪める。

「そう言えば笹崎って花梨に気があったよね。かわいそー」

愛菜も笹崎のことをよく思っていない様子。

ちなみに、俺も笹崎のことは嫌いだ。

「笹崎大輝のチームは大半が男で構成されている。男は三十二人で女は八人。メンバーの多くは皇城白夜に好かれていた者達だ。皇城白夜のチームにあった階級制度で言うと、男女共に大半が一位か二位だった。それ故に、健康な者が多い。特に女は八人全員が健康体だ」

「つまり白夜と同じ思想のチームということか。で、そいつらは何処へ向かったのだ？　まさかこっちに？」

「いいや、連中は丘の北東に向かった。朝倉洞窟と同規模の洞窟が密集しているエリアだ」

「洞窟群を拠点にするわけか。賢い選択だとは思うが……」

気がかりな点があった。だが、そのことは口にしないでおく。

「笹崎大輝のチームが洞窟群に到着した後も、私は連中の動向を監視していた。だが、こちらへ来る気配は感じられなかった。盗聴した会話の内容からも、我々のことは意識していないように思える」

「花梨に気があるなら俺達を探してもおかしくないけど、まぁそれどころじゃないもんな。殆どの人間が上位階級だったのなら、まずは食料の調達で苦労するだろうし」

「それもあるが、なにより笹崎大輝の狙いは皇城零斗のチームだ」

「どういうことだ？」

「笹崎大輝の会話を聞く限り、連中が皇城零斗の排除を企てていることは間違いない」

皆が息を呑む。

俺は「ちょっと待て」と話を止めた。

天音が「なにか？」と言いたげな顔で俺を見る。

「それっておかしくないか？　さっき、『埋葬時に殺意ないし敵意を放っている者は一人もいなかった』と言っていたはずだが」

「ああ」

天音は納得したように言うと、俺の問いに答えた。

「埋葬をしている時は敵意がなかったのだ。その時点ではまだ、笹崎大輝のチームは皇城零斗の排除を考えていなかった。考えを変えたのはその後だ」

「その後？」

「どうやら連中はチームの男女比率に強い不満を抱いているようだ」

「なるほど、そういうことか。笹崎チームでは白夜の階級制度を引き継ぐか、もしくは模倣した制度を採るわけだな」

「そういうことだ」

「それだと女子の数が少ないのは致命的だな」

白夜のチームがまがりなりにも機能していた理由はいくつかあるが、その一つが階級制度だ。

上から順に一から五位までの階級があり、一から三位の男には、自分の順位より低い順位の女を抱く権利が与えられていた。

白夜の思想を継ぐ者として、笹崎大輝もこの制度を使いたいわけだ。しかし、現状では男女比に偏りがあるせいで機能していない。一人の女を奪い合うことになるだろう。

「チームメンバーの大半がかつて一位と二位だったというのも辛いな。男子の上位なんて下位の者を酷使するだけで、自身はまともに働いていなかっただろう。階級制度の為に女の数を増やしたい上に、奴隷のようにこき使える男の数も増やしたいわけか」

「その通り。だから、笹崎大輝は皇城零斗の排除を企てている。皇城零斗を葬って、皇城兄弟の銃を回収し、皇城零斗のチームを力尽くで吸収する考えだ」

「ゲス過ぎる」

芽衣子がこの上なく不快そうに言った。

「もう少し様子を見ていたかったが、タイムリミットとなったので帰還した。報告は以上だ」

天音が話し終える。

しばらくの間、誰も口を開かなかった。

俺を含めて、皆は頭の中で情報を整理している。

「笹崎の動向は気になるが……」

沈黙を破ったのは俺だ。

「基本的には現状維持で問題ないか」

「そうね」と愛菜が頷く。

他のメンバーも賛成票を投じた。

「ところで天音、もしも笹崎と零斗のチームが争った場合、勝つのはどっちのチームだと思う？」

天音の報告を聞く限り、両チームが争う可能性は高い。

だから念の為に訊いておく。そうなった際に適切な行動をとれるように。

天音は戦闘のプロだから、彼女の意見は参考になる。

「笹崎大輝だろうな、ほぼ間違いなく」

天音は即答だった。迷いが感じられない。

「やっぱりそうなるか」

俺も同意見だった。

しかし、他のメンバーは驚いた様子。

「零斗のチームは一一〇人で、笹崎のチームは四〇人なんでしょ？　どう考えたって零斗のほうが有利じゃん。なんで笹崎が勝っちゃうわけ？」

亜里砂が尋ねてきた。

それに対して天音が答える。

「戦うとなれば、おそらく男同士の争いとなるだろう。その場合、健康体の男を多く抱える笹崎大輝のチームが有利だ。たしかに数の差はあるけれど、それは男女を含めた場合に限る。男の数だけで比較した場合、皇城零斗と笹崎大輝のチームにはそれほどの差がない。となれば、健康体の男が多い方ほど有利と考えるのが自然だろう。それに、笹崎大輝のチームはほぼ全員が三位以上で構成されている。対して、皇城零斗のチームは四位以下が多い。四位以下の男は、基本的に田中万太郎や影山薄明のような者だ」

「それはどういう意味でござるかー！」

田中が叫ぶ。

「なるほどねぇ」

田中を無視して納得する亜里砂。

「たしかにそう言われると厳しいかも」

「絵里殿まで！　酷いでござる！」

田中が絵里に絡んだ。

そのことに皆が驚く。俺も驚いたし、絵里も驚いた。

だが、誰もそのことには触れないでおく。

(田中の奴、頑張ってるな)

何も言わなかったが、心の中で田中にエールを送っておいた。

「ただし――」

場が落ち着くと、天音が言った。

「――皇城零斗の能力は未知数だ。奴は頭が切れる。この世界を生き抜く為の知識こそ欠けているが、その他の点に関しては群を抜いている。皇城零斗の動き次第では、笹崎大輝のチームが負けてもおかしくない」

「なるほどな」

たしかに零斗は頭が切れる。

だが、彼は戦争のプロではない。ひいき目に見積もっても、零斗の勝率は五割にも満たないだろう。よくて四割。実際のところは二・三割程度。圧倒的に不利であることは間違いない。

だが、零斗には一発逆転の切り札がある。銃だ。

「今後は笹崎チームを監視するとして、あとはこれまで通りに進めていこう。おそらく問題はないだろう。白夜が拠点にしていた丘ですら相当な距離があったのに、今はそれよりも遠いところに拠点を構えているんだ。天音の報告も加味すると、わざわざこっちへ来るとは思えない」

皆が頷く。

だが、天音はそこで話を終わらせなかった。

「仮に笹崎大輝のチームが来たらどうするつもりだ？　その可能性が完全にゼロとは言い切れないだろう。あの手の人間は時に非合理的な行動をとる。なにかのきっかけでこちらへ攻めてくる可能性はある」

「たしかにその通りだ」

俺は天音の言葉に同意する。

「ならばどうする？　その時は此処を放棄して逃げるのか？」

「いいや、逃げないよ」

俺は即答した。

「稲作やら何やら、汗水垂らして立派な生活基盤を築いたんだ。ここまで築き上げるのにかけた苦労は計り知れない。以前なら逃げることも考えたが、今はこの場を譲り渡すつもりなど毛頭ない。だから、もしも笹崎チームが、いや、他のチームだろうと、此処へ来ようものなら全力で戦うよ。アジトの放棄は死も同然だ」

「良い判断だ」

天音が満足気に頷いた。

「少し遅くなったがメシにしよう。明日も仕事がある」

俺が会議の終了を告げる。

天音を除く全メンバーが、「ふぅ」と大きな息を吐いた。

【ソフィアの秘密基地】

三十七日目。八月二十四日、土曜日。

水野がアジトを発ってから十二日目になる。

もうじきタイムリミットの二週間だ。零斗や笹崎の動向も気になるが、それ以上に水野のことが気になっていた。他の皆も同じだろう。ただ、表向きはいつもと変わらない。

今日は土曜日。定休日なわけだが、大半が平日と同じ作業をしていた。

「やっぱ畑を耕すっていいわぁ！　現代って感じがする！」

アジトの上——崖の近くに広がる耕地を見渡しながら言う亜里砂。

そこには、最初に作った水田の他に立派な畑も拵《こしら》えてあった。

合鴨がウキウキで泳ぐ水田で米を作り、その隣にある畑で小麦の栽培に取り組んでいる。小麦は米と同じくイネ科の植物だ。

小麦の栽培は米よりも時間がかかる。種蒔きから収穫まで約七ヶ月。

今からだと完成するのは来年の三月末かそこらだ。この島にも日本と同じ四季があるのなら、冬を乗り切った後ということになる。

「それにしてもよー、本当に上手くいってんのかねぇ？」

亜里砂が呟く。

彼女はせっかちなのですぐに結果を求める。昨日の今日で畑や水田が順調かどうか気にしているのだ。

しかし農業は持久戦。種を蒔いた直後に結果が分かることはない。今、俺達の前に広がっているのは、綺麗に耕されただけの土だ。

それでも俺は「上手くいくさ」と力強い口調で言った。

「その為に汗水垂らして頑張ったんだろ？」

皇城白夜が兄の零斗に殺害されて三日が経つ。

その間、俺達は農業と防衛力の強化に尽力してきた。

まずは農業について。

米や小麦の他に、サツマイモの畑も用意した。

サツマイモは極めて手間の掛からない植物だ。苗を植え付け、そこにたっぷりと水をやれば、あとは放置でいい。たった一日の作業で、約五ヶ月後には収穫が可能になる。

俺達の場合、来年の一月末がサツマイモの収穫目安日だ。

ウチの弱点は人手が足りないこと。水野を含めても十四人しかいない。

手間のかかる作物を増やすと、他の作業が追いつかなくなってしまう。だから、サツマイモのように楽な作物を重視していく。

こうした農業の急拡大によって、大量にあった貝殻肥料が底を突いた。

それに対応するべく、愛菜が現在進行形で貝殻を集めに励んでいる。猿軍団に命令し、手分けして貝殻を拾わせていた。拾った貝殻を回収する為の土器バケツが海辺に設置してあり、猿軍団はそれに貝殻を放り込んでいく。

次に防衛力について。

笹崎チームの侵攻に対する備えを強化した。ありえないとは思うが、念には念を入れて対策しておく。

具体的にはトラップを仕掛けた。笹崎チームが南下した際に辿るであろうルート——正確には笹崎チームの拠点がある洞窟群と朝倉洞窟の間——に、対人用の罠を張り巡らせている。

この作業は天音が一手に引き受けており、俺達の出る幕はなかった。対動物用のトラップなら俺も作れるが、対人用のトラップについては何も知らない。

対人用のトラップは、対動物用の物よりも手が込んでいる。大がかりで殺傷能力が高いのも特徴的だ。

興味があったので、天音に同行してトラップの設置を見学させてもらったことがある。朝倉姉妹の手芸に匹敵する超絶的な手際で感服した。それと同時に、「対人用のトラップはサクサク作れるのに、対動物用のトラップをまともに作れないのはどうしてなのだろうか」と不思議に思った。

天音の設置した罠は、俺達の活動範囲には存在しない。その為、俺達はこれまでと変わらず好きなように動くことが可能だ。うっかり罠に掛かる恐れはない。偵察担当の影山だけは罠に掛かる恐れがあるけれど、事前に迂回ルートを教えているので問題ない。

罠の設置は天音オンリーでも、罠を作る為のサポートは皆で行った。例えば丸太を削って先端部を尖らせるとか。

そういった作業は二度としたくない、というのが皆の意見だ。やはり人を殺《あや》める為の物を作るというのは気が滅入る。

「なぁ火影」

亜里砂が名前を呼んできた。

「久々に川で釣りをしようと思うんだけどさ、一緒にどうよ？」

釣りのお誘いだ。

どうしようか悩んだ末に、俺は断った。

「皆の様子を見て回るからパスだ。悪いな」

「休みの日くらいはリーダーらしくしなくていいじゃん」

「まぁそうなんだけどな」

「仕方ない奴だなぁ、火影は」

そう言うと、亜里砂は右腕を俺の肩に回してきた。

そして、左手に持っていた釣り竿を離し、地面に転がす。

「じゃあさ、釣りじゃなくて私の体で癒やされていくってのはどうよ？」

空いた左手で自分の胸を押し上げる亜里砂。

控え目に見積もってもＤカップはある大きな胸が盛大に揺れる。

「い、いいのか？」

ゴクリと唾を飲み込む。

「…………」

亜里砂はしばらく固まった後——。

「いいわけねぇだろぉ！」

ゲラゲラと大きな声で言った。

「ですよねー……」

「ほんっと変態だな！　火影！」

「いやいやいやいや、そっちが誘ってきたんだろ」

「バッ！　誘ってねーし！　冗談だっての！　なにマジになってんの!?」

更に「キモ！」と追い打ちをかける亜里砂。

そこまで言わなくてもと思いつつ、言われて当然かとも思った。たしかに俺は変態だ。自覚している。

「ま、この魅力的なおっぱいちゃんを揉みたいって言うなら……」

亜里砂は俺の肩から右腕を離すと、地面に転がる釣り竿を拾った。

「私に釣りで勝つことだなぁ。そうしたら好きにさせてやんよぉ。おっぱいちゃんだけじゃなく、この可愛い可愛い亜里砂様の全てをなぁ」

「……まじ？」

「冗談に決まってんだろ！　さすがに学べよ！　ばーか！」

亜里砂が「ぎゃははは」と豪快に笑いながら歩き始める。

しかし、少し進んだところで止まり、こちらへ振り返った。

「でも、もしも私に釣りで勝てたら、何かしらのご褒美はしてやるよ。絵里が総料理長なら私は釣りの総大将だからね。火影が相手でも負ける気しないし」

だろうな、と思う。

実際、亜里砂に釣りで勝てる自信はなかった。

亜里砂の釣り能力はそれだけ卓越している。最近は毎日二十四近い数の魚を釣ってくるのだ。彼女が釣りに費やしている時間を考慮すると、平均で二〇分に一匹は釣っていることになる。二〇分に一匹のペースで釣り続けることがいかに難しいか。それは一度でも釣りをしたことのある人間なら分かるだろう。

しかも亜里砂が使っているのは現代の釣り具ではない。この島で作られた原始的な物だ。そのことも加味すると、ますます彼女の釣りに関する技能が超人的であると分かる。

「いつか釣り対決しようね」

「おうよ」

「よろしい！」

亜里砂は満足気に頷くと、「じゃーね」と去っていく。

彼女の後ろ姿を見送ったあと、俺はアジトへ戻った。

「あら、篠宮様」

アジトにはソフィアと天音がいた。

二人は何かの作業をするでもなく、ただ入口の近くで立っていた。

「流石は篠宮様、ちょうどいいところに来られましたわ」

ソフィアが声を弾ませる。

何がちょうどいいのか分からなかった。推測しようとアジトの中を見渡すが、これといったヒントが見つからない。気がついた点と言えば、引きこもり設計士見習いの吉岡田がいないことくらいか。

「天音が罠の確認に行きたいと申しておりまして」

ソフィアが用件を切り出す。

「ふむ、それで？」

「しかし、私を一人にするのは不安とのことで」

「俺にソフィアと過ごせと？」

天音が「そうだ」と頷く。

「先ほど周辺の安全を確認しておいた。だから、アジトの中だけでなく、外で過ごしてもらってもかまわない。しかし、お嬢様だけでは不安だ。外で過ごすのであれば、誰かしらと一緒にいてもらいたい。だからその任を頼めないか、篠宮火影」

ソフィアは苦笑いを浮かべている。心配性なんだから、と言いたそうな顔だ。

「これから皆の様子を見て回る予定だったのだが……まぁいっか。俺でよければ引き受けるよ」

「ありがとう、よろしく頼んだぞ」

天音はこちらに会釈した後、ソフィアに対して跪いた。

「それでは行って参ります、お嬢様」

「はい。無理しないでくださいね、天音」

「ハッ！」

シュバッと消える天音。

遠くから「マッスル！」という声が聞こえてきた。マッスル高橋が筋トレに励んでいるのだろう。

この世界には筋トレマシンがない為、高橋は丸太を使って肉体を鍛えている。しかし、それだけだと彼の筋肉は満足してくれないらしく、日に日に衰えていく筋肉に頭を抱えている模様。

「で、どうするよ？　釣りでもするか？」

亜里砂との会話があったからか、無意識に釣りというワードが飛び出す。

「それもいいですわね」

そう言いつつも、ソフィアは「しかし」と代案を口にする。

「今日は別のことをしましょう」

「別のこと？　何かしたいことがあるのか？」

「ありますわ。ご協力していただけますか？」

「俺にできることであれば」

「ではこちらへ」

そう言うと、ソフィアは俺の手を取って歩き出した。

行き先はアジトの外……ではなく、アジトの奥。

ひたすら奥へ進んでいくソフィア。いくつかの分岐路に差し掛かっても躊躇せずに進み続ける。目的地がどこなのか興味があった。

「ここですわ」

やってきたのは、普段だと絶対に来ない奥のエリアだ。幅が狭く、自然の光源は存在していない。壁に立てかけた松明によって明るさが確保されていた。

この松明には覚えがない。おそらくソフィアが設置したのだろう。

「こんなところがあったのか」

辺りを見渡して驚く俺。

ソフィアはクスッと笑った。

「私の秘密基地です。こちらの松明も私が作った物。作り方は前に篠宮様から教わった方法を採用しましたわ」

「なるほど。いや、松明よりも……」

俺が驚いたのは、壁に掛かった松明が理由ではない。行き止まりにドンッと用意されていた物に驚いたのだ。

それは――――。

「こちらは朝倉芽衣子様と密かに作っている物です。といっても、コレ以外は別の場所に隠しているのですが。全員分が完成したら発表して皆様を驚かせる予定ですので、他の方々には内緒にしてくださいね」

「あ、ああ、分かったよ。それにしてもコレは……すげぇな」

――布団だ。

極めて現代的な布団が、俺の視界に映っている。

原始的な〈むしろ〉で作った物ではない。日本で使われているような代物だ。祖父母の家にありそうな、昔ながらの綿布団である。日本だと「古くさい」と言われそうな物だが、この世界だと超絶的なまでのハイテク製品だ。

度肝を抜かれた。

「で、この布団をこっそり見せてどうするつもりだ？　作業を手伝わせたいのかと思ったけど、見たところコレは完成しているようだ」

ソフィアは何も答えず、布団の上に腰を下ろした。上履きを脱ぎ、それを丁寧に揃えて布団の傍に置く。そして、掛け布団の上で仰向けになった。

その状態で顔をこちらに向け、挑発的な笑みを浮かべる。

「私のお相手をしてくださらない？　篠宮様」

一瞬で勃起した。

【現代的なまぐわり】

「冗談じゃ……ないよな？」

念の為に確認しておく。亜里砂の時は冗談だったから。

しかし、ソフィアは本気だった。

「冗談でこのようなお誘いはいたしません」

「誘ってるのって、その、セックス……だよな？」

追加の確認。

「そうですわ」と頷くソフィア。

「本当にいいのか？」

「もちろんです。こちらからお誘いしたのですから。それに、これはお願いでもあります。篠宮様、私と性交渉をいたしてください」

「分かった……！」

街灯に惹かれる蛾のように、俺はソフィアへ近づいていく。幾度となく靴底を補強した上履きを脱ぎ捨て、布団に侵入し、仰向けで寝転ぶソフィアに跨がる。

互いに制服だ。

現代的な布団の上ということも相まって錯覚してしまう。ここは異世界の無人島ではなく日本なのだ、と。

「天音は怒らないのか？」

「大丈夫でしょう。仮に怒ったとしても問題ありません。私の相手は私が決めて然るべきなのです。天音が口を挟むことではありません」

海のようなソフィアの瞳が、自身に跨がる俺の顔を捉える。凛として揺るがない真っ直ぐな眼差しだ。

「それもそうだが」

俺は煮え切らない反応。彼女の綺麗なブロンドの髪を指で撫でる。

「どうしてセックスしたいと思っているんだ？　それに、セックスをした経験があるのか？」

「いえ、経験はありません」

「処女なのか」

俺が言うのもなんだが、処女は大事にした方がいい。童貞は往々にしてマイナスだが、処女はその逆でプラスだ。男なら誰しも経験の乏しいウブな女を好むというもの。

「ご存じの通り私はヘイツ家の人間です。その為、結婚する相手は既に決まりつつあります。元の世界に戻ってしまうと、恋愛や結婚に関する自由は一切ありません。誰とデートし、誰と結婚するのか、その全てを親に決められます。ヘイツ家の人間として生まれた以上、それは受け入れます。元の世界であれば、決してそのことに異を唱えません」

ソフィアはそこで言葉を句切ると、一呼吸おいて続けた。

「しかし、この世界では違います。この世界の私は、社長令嬢と呼ばれる存在ではありません。皆様と同じただの人です。何もかもが自由です。その日にすること、食べるもの、生き方、それこそ、処女を捧げる相手でさえも自分で決める権利を有しています」

俺の頬に冷たい感触が走る。

ソフィアの両手が優しく触れてきたのだ。

「この世界で恋愛をすることが難しいのは分かっていますし、恋愛をしようとは思いません。田中様の件もありますから。ですが、処女を捧げる相手は自分で選びたい。親が決めた相手ではなく、私が決めた相手に捧げたいのです。私にとって、それができるのは今しかありません」

「それで選んだ相手が俺だと」

「その通りです。この場所は篠宮様と性交渉をいたす為に用意しました。ですので、どうか、どうか私を抱いてください」

「本当に俺でいいのか？　最初で最後の処女を捧げる相手がこの俺で」

「篠宮様だからこそいいのです」

ここまで言われて断れるはずがない。

俺は「分かった」と頷いた。もう迷いはない。

「俺も童貞ならよかったのだが、生憎、童貞ではなくてな」

「篠宮様ほどの御方なら、経験が豊富でも頷けますわ」

「豊富という言い方も語弊があるけど……まぁいい」

俺は軽く腰を浮かせて、尻ポケットをまさぐった。

「悪いがヤる時は付けさせてもらうぜ？」

取り出したのはコンドームだ。いつでもセックスできるよう、俺はコンドームを持ち歩いている。備えあれば憂いなし。

コンドームの袋はまだ開けない。ソフィアの頭上に置いておく。

「始めようか」

まずは前戯から。

服の上からソフィアの体を撫でていく。我ながら淫らな手つきで、丁寧に、優しく、愛情を込める。

ソフィアは目を瞑った状態でそれを受け入れた。体が強張っている。

「もっと力を抜いていいよ」

「は、はい」

服の上から彼女の胸を触る。小ぶりのおっぱいは、仰向けに加えて服の上からということもあり、殆ど存在感がなかった。

だが、触られたソフィア本人は、熱い吐息をこぼして感じている。

気持ちよさそうにしているので、執拗に胸を揉んでみた。すると、次第にソフィアの反応が激しくなっていく。内股になり、体をもじもじさせている。顔は真っ赤に火照っていた。

俺はニヤリと笑う。気分が乗ってきた。

「恥ずかしいか？」

声を掛ける。

「はい……」

ソフィアが目を開く。先程とは違って弱々しい眼差しだ。俺と目が合うと、彼女は恥ずかしそうに顔を背けた。

俺はソフィアの顎を指で摘まみ、強引にこちらへ向ける。

「やめてもいいんだぜ？」

「やめないで……ください」

「可愛い反応だ」

ソフィアの頬を撫でた後、一気に下へ攻め込む。スカートを豪快にまくり、太ももを撫でる。

傷のないすべすべの肌だ。目で確認するまでもなく、上質な陶器のように美しくて綺麗であることが分かる。

「はぅぅ」

太ももを撫でただけでよがるソフィア。流石に処女は敏感だ。

俺の指は彼女の太ももを這うように進み、パンツに到着した。可愛らしいパンツの上から、優しく膣を撫で回す。

「あぅ、あっ……だめ……」

ソフィアが体を左右に傾けようにする。あまりの気持ちよさにいてもたってもいられないようだ。しかし俺が跨がっている為、彼女は身動きがとれなかった。

「この細い脚が性欲を刺激するよなぁ」

これ以上ない程の内股となった彼女の脚を見て呟く。

「篠宮様、篠宮様ァ」

真っ赤に火照った顔で俺の名を呼ぶソフィア。

彼女は俺の頬に両手を当てると、自分のほうへ引き込もうとする。

キスをしてほしいのだと一瞬で分かった。

「舌を出せ、ソフィア」

命令口調になる俺。

ソフィアは素直に従った。

こちらに向かって伸びる彼女の舌に吸い付く。

「んっ……んんっ……」

ご要望にお応えして濃厚なキスを交わした。

俺の舌がぐいぐいと彼女の口内に侵入。暴力的なまでの激しさで彼女の舌を貪っていく。

ソフィアもそれに負けじと対抗する。積極的に舌を動かして、時には自身の口内で暴れ回る俺の舌を追い返し、逆に俺の口内へ侵入してきた。かなりの激しさだ。

呼吸を整える為に唇を離すと、互いの唾液が糸を引いた。

その後もキスを続ける。

しかしキスだけだと物足りないので、次の段階へ進む。

「――――！」

積極的に動いていたソフィアの舌が止まった。

俺が彼女の服を脱がせ始めたからだ。

「いいだろ？」

ソフィアは小さく頷いた。

承諾されたので再開だ。彼女のパンツに手を掛け、膝の辺りまで下げる。それから汗ばんだ白いシャツのボタンを外した。

「細くて綺麗な身体だ」

「恥ずかしいですわ……」

シャツを開いて、ソフィアの素肌を露わにした。透き通った瑞々しい肌が性欲を駆り立てる。

松明の灯りがいい感じに艶やかさを強調していた。

「挿入の前にもう少し愉しませてもらうぜ」

ワインレッドのリボンを首の横にずらし、おっぱいにしゃぶりつく。剥き出しとなった彼女のおっぱいは、直接しゃぶるには申し分ない大きさだ。

「あぁぁあぁぁあっ！　あぁぁぁあぁぁあぁぁあっ！」

乳首を舐めるとソフィアが絶叫した。場所が狭いからなのか、彼女の嬌声がよく響く。

アジトの入口付近まで聞こえないか不安になった。

「もう少し声を抑えてもらわないとバレちゃうから……」

俺はソフィアのパンツを完全に脱がせると、それを彼女の口にねじ込んだ。

「これでよし」

改めて乳首を舐めていく。

「んんーっ！　んんーっ！」

パンツが猿ぐつわとなり、ソフィアの声が控え目になる。それにエロさが倍増した。より性欲がそそられる。何の刺激も与えていないのに、ペニスはギンギンに固まっていた。

「既にグショグショだな、すげー濡れ具合じゃん」

ソフィアの膣に軽く触れて驚いた。

大洪水と表現しても差し支えない濡れ方だ。芽衣子や天音も凄かったが、ソフィアの濡れ方は彼女達の比ではない。

（これなら初っ端からペニスをぶちこめそうだな）

そう思ったが、慎重に事を進めていく。俺のペニスは、処女の膣には大きすぎる代物。挿入の前には準備が必要だ。

まずは指で慣らす。挿入はそれからだ。

「分かるか？　今、俺の中指がソフィアの中に入ってるぜ」

中指を膣の中で暴れさせる。可能な限り奥まで入れて、グリグリと動かす。

ソフィアは今までで一番の反応。体を大きく反らせて感じている。特に膣壁を指で押した時に快楽が増しているようだ。

「この調子でどんどん穴を拡張していくぞ」

中指が落ち着いたら人差し指。さらに同じ要領で薬指も入れる。三本の指によって、彼女の膣をガバガバにしていく。

「さて、そろそろ挿入だが……」

ソフィアの足下まで後退して全裸になる。

その際、彼女の手を掴み、上半身を起こさせた。

「ゴムを付けるまでの間、口で頼むよ」

「は……はい……」

挿入の前に奉仕させる。

ソフィアは激しく呼吸を乱しながらも、俺の言うことに従った。四つん這いになってペニスをしゃぶってくる。激しく頭を動かし、全体に唾液を絡めていく。お世辞にも上手いとは言えないけれど、気持ちがこもっているので十分だ。それに彼女のしゃぶる姿にはそそられるものがあった。

「うーん、ゴムの袋がなかなか開かないなぁ」

わざと袋の開封に手間取る。

ソフィアもそのことは承知しているだろう。

しかし彼女は何も言わず、無心になってしゃぶり続ける。

「ほら、もっと頑張ってくれよ、ソフィア」

指で乳首をつついて応援する。

ソフィアは身体をビクンと震わせた。

あまりに敏感すぎて、自分のテクニックを過大評価してしまいそうだ。

（もう少し楽しんでいたいが、そろそろ挿入してやらないとな）

そう判断した俺は、満を持して挿入することにした。サクッとコンドームの袋を開封する。

「ありがとう、気持ちよかったよ。さぁクライマックスだ」

ソフィアにフェラを終えさせると、全裸で仰向けになってもらった。

「痛かったらごめんな」

ペニスにコンドームを装着しながら言う。

ソフィアは恍惚とした表情で頷いた。

「いくぞ」

両手でソフィアの足首を持ち、脚をV字に開かせる。

体を倒してソフィアと重ねつつ、ゆっくりとペニスを挿入していく。

「あああぁぁあああぁぁぁあああぁぁああっ！」

ソフィアが絶叫した。

俺は唇を重ねてその声を塞ぎ、慎重にペニスを進める。奥まで突き刺さった時、ソフィアが俺の身体に腕を回してきた。

離れないようぎゅっとしてくるその仕草で悟る。彼女は感じているのだ、と。痛がってはいない。指による拡張が功を奏した。

「どうだ、気持ちいいか？」

腰を振りながら尋ねる。

ソフィアは喘ぐばかりで返事しない。言葉を発する余裕がないのだ。

だが、気持ちいいことは容易に分かった。何度も頷いているのだ。それに、果てしない快楽のせいで目がとろんとしていた。既に何度もイッている。今までの人生で経験したことのない快感が彼女を壊していた。

「別の体位も試したいが、今回が初めてだし……」

今日のところは正常位だけで終えることにした。

ピストン運動に緩急をつけて、ソフィアに無限の快楽を与える。激しさに慣れてきたらペースを落とし、それに慣れるとまた激しくする。彼女が身体を捻ろうが、背中を反り返らせようが、突くのを止めない。執拗なまでにガンガン突き立て、何度も何度もイカせて、いよいよ射精の時がやってきた。

「下の口に出してもゴムに吸収されるだけだし、上の口に出してもいいか？」

俺はＡＶでよく見る光景を思い出していた。

射精の直前に膣からペニスを抜き、ゴムを高速で外し、女優の顔や口の中にめがけて勢いよく射精するシーンだ。実際のセックスでは滅多に見られない、ＡＶならではの展開である。

（今の俺ならＡＶ男優と同じ動きができるかもしれない……！）

そう思ったら、試したくて仕方なかった。

「どうだ？　ダメか？」

「ダメ……じゃ……ない……です」

「じゃあ、上の口に出すぞ」

ソフィアが必死に頷く。口内射精の了承を得た。

「ありがとうな、ソフィア」

大詰めだ。

俺は本腰を入れて腰を振る。これまで以上の激しさだ。

当然ながら、ソフィアの繰り出す喘ぎ声もこれまで以上のものになる。唇を重ねていても、漏れる嬌声が響いていた。

「あぁっ、ソフィア、出る……出るぞ！」

その時が来た。

俺は慌てて膣からペニスを抜く。さらに電光石火のゴム外し。ここまでは順調だ。あとはソフィアの口に射精するのみ。大急ぎで彼女の口へペニスを近づける。

ソフィアは上半身を起こし、必死に口を大きく開いた。ＡＶで何度も観たシーンが現実のものとなる。

俺はソフィアの口にペニスの先端を挿入する。その状態でペニスをしごこうとした。しかし、しごくまでもなく、溜まりに溜まった精液が一気にぶちまけられてしまった。それは彼女の温かい口の中に広がっていく。

ギリギリだった。ソフィアの口にペニスが入ってから射精に至るまでの時間は数秒。まさに間一髪。ＡＶのような安定感はない。今の俺には、射精のタイミングを完全にコントロールするだけの技術はなかったのだ。

　バタンッ。

　ソフィアが盛大に倒れる。上半身を起こし続けるだけの力もなくなったのだ。彼女の頬は、ドングリを頬張るリスのように膨らんでいた。

「見せてみろ」

　俺が言うと、ソフィアは口を開けた。

　彼女の口内には精液の池ができていた。

「素晴らしい」

　それを確認した俺は、いつものセリフを口にする。

「飲んでくれ」

「！」

　驚いた様子のソフィア。

「飲むんだよ。口の中の物を」

　もう一度言うと、ソフィアは従った。ゆっくりと口を閉じる。

　次の瞬間、ゴクッという音が鳴った。

「どうだ、俺の精液は。美味しいか？」

「とてもまろやかな味で、食べ物で喩えるなら」

　慌てて「よせ」と制止する。

「食べ物で喩えるな。その食べ物が食えなくなってしまうだろ。見る度に『これは俺の精液と似た味なのか』とか思ってしまうじゃないか」

「も、申し訳ございません」

「気にするな。それより、少し休んでいくか」

「はい」

俺達は布団の中に入った。

残念ながら枕がない為、俺は敷き布団に頭を置く。

ソフィアは俺の腕を枕代わりにしていた。

「すごく、すごく気持ち良かったです、篠宮様」

ソフィアが俺に抱きついてくる。

「俺も気持ち良かったよ、ありがとうな」

ソフィアの頭を撫でながら、俺は余韻に浸るのだった。

《つづく》

あとがき

お久しぶりの絢乃です。

正直、第二巻の発売が決まった時は「なんとまぁ！」と驚きました。

第一巻の品質には我ながら満足していたのですが、不可抗力とはいえ発売時期が最悪でした。

第一巻が発売したのは二〇二〇年の三月末。新型コロナウイルス感染症によって世界経済が混迷を極めていた頃です。日本では急速にリモートワークが進み、少し後には緊急事態宣言も発令されました。

そういった状況の為、第一巻の売り上げは伸びないかも、という不安がありました。いや、不安というよりも諦めに近い状態でした。なにせ我が家の近くにある本屋は軒並み営業を自粛していて、本を買おうにも買えない状況だったのです。

なので、続刊決定の連絡には衝撃を受けました。

読者の皆様、とんでもない環境であるにもかかわらず第一巻を買ってくださり、本当にありがとうございます。おかげさまでこうして第二巻をお届けすることができました。

そんな第二巻の物語は、人間関係に比重を置いたものとなっています。

無人島に適応していく火影チームと、適応できずにいる白夜チーム。両チームの差がより開いていきます。それはまるで、ストラテジーゲームの上級者と初級者のように。

ただ、火影チームも全てが順調というわけではありません。様々なトラブルに見舞われます。

それもサバイバルとは直接的な関係がない問題がメインなので、火影は少なからず苦労しています。

女性特有の悩みや男女間の問題など、ここでも絢乃の「妙なリアル路線」が出ちゃいました。この妙なリアル路線が作品の雰囲気を作っている……と勝手に思い込んでおります（笑）

話は変わるのですが、皆様はどのタイミングであとがきを読みますか？

「あとがきなのだから最後に読むのが普通だろ」と思われるかもしれません。ですが、中にはあとがきから先に読むという人もいるようです。

絢乃は最後にあとがきを読む派なのですが、あとがきから読むという読み方も面白いかな、と思いました。次に作者のあとがきがある作品を読む時は、あとがきから読んでみる予定です。

それでは、今回はこの辺で……。

最後に謝辞を述べさせていただきます。

第一巻に引き続き最高のイラストを描いてくださった乾 和音先生、続刊を決定してくださった一二三書房様、至らぬ点の多い絢乃を支えてくださった担当編集のS様、その他、ご支援頂いた全ての方に対し、心よりお礼申し上げます。ありがとうございました。

そして読者の皆様、ここまでお読みいただきありがとうございました。

今後も異世界ゆるっとサバイバル生活をよろしくお願いいたします。

絢乃

BRAVENOVEL
ブレイブ文庫

異世界ゆるっとサバイバル生活2

～学校の皆と異世界の無人島に転移したけど俺だけ楽勝です～

2020年10月25日　初版第一刷発行

著　者　　絢乃

発行人　　長谷川　洋

発行・発売　株式会社一二三書房
〒101-0003 東京都千代田区一ツ橋2-4-3
光文恒産ビル
03-3265-1881

印刷所　　中央精版印刷株式会社

■作品の感想、ファンレターをお待ちしております。

■本書の不良・交換については、電話またはメールにてご連絡ください。
一二三書房　カスタマー担当　Tel.03-3265-1881
（営業時間：土日祝日・年末年始を除く、10：00～17：00）
メールアドレス：store@hifumi.co.jp

■古書店で本書を購入されている場合はお取替えできません。

■価格はカバーに表示されています。

■本書は小説投稿サイト「ノクターンノベルズ - 小説家になろう」（http://noc.syosetu.com/）に掲載された作品を加筆修正し書籍化したものです。

ISBN 978-4-89199-662-8